九州・沖縄
同人誌傑作選
其の一

はしがき

この度、九州各県と沖縄の文芸同人誌の方々にご参加いただき「九州・沖縄同人誌傑作選」其の一・其の二を刊行いたしました。当初は一冊の予定でしたが多くのご応募をいただいた関係で二冊セットとなった次第です。半年近く前に「貴同人誌で過去の作品も含め〈これぞ！の一作〉をお送りください」とのご案内を差し上げてからこの企画が始まりました。まずはご協力いただいた方々に心より感謝を申し上げます。

小説や詩を書かれる方の多くは、その孤独な執筆作業の果てに出来上がった創作を同人誌に発表し、まずはご自分の作品の評価を聞きたい、そしてまた他の作品と出来栄えを比較したいとの欲求を持たれていると思います。それが次の作品を書く意欲につながり、ひいては同人誌の作家仲間との切磋琢磨し合うことにより質の高い作品が生まれるのではないでしょうか。

同人誌の刊行のあとに仲間内で合評会もされることと思います。更に他同人誌との合同合評会もあるように聞きましたが、殆どは同じ身内の仲間からの批評会にとどまっているようです。作者本人が自作品を他と比較するにもできるだけ幅広い作品と接することが望まれますが、そもそも同人誌をお店の棚に並べている書店が少ない上に、昨今の書店の急激な減少ではなかなか同人誌を入手するのは困難になっているのではと思います。

今回の企画がそのような状況の改善に少しでも役に立てば私としては本望です。どうぞ各県の作品をご堪能ください。そしてできれば其の作品の評価を発表誌宛てにお送りいただければ尚更に嬉しい限りです。どうぞよろしくお願いいいたします。（本の末尾に各同人誌の住所を記載しています）

花書院　仲　西　佳　文

目次

はしがき

夏。あなたになる……若窪美恵（海峡派）1
緑の手綱……雨宮浩二（胡壷・ＫＯＫＯ）43
順平記　その一「つばき」……水木　怜（照葉樹　二期）87
ビーと花火とＣ……中川由記子（季刊午前）135
鴉……紺野夏子（南風）157
しょっぱい骨……汐見弘子（筑紫山脈）193
鳩時計……佐々木信子（九州文学）233

＊掲載順は、発行所の郵便番号順にいたしました。

福岡県　海峡派

夏。あなたになる

若窪美恵

もう食べなくてもいいと思った。食べたくて、食べられなくて、ひもじくて、渇望して、食べ続けた年月をもう手放してもいいだろう。十分に食べた。順繰りに死んでゆくためにも。

「あとはいいえ、出された食事に手を付けずにいると、世話人さんがいろいろと言うので「あとでいただきます」とはぐらかした。

わたしは息子家族から介護付き老人施設に入れてもらっているので、変わった行動をすると家族に連絡がいくようになっているようだ。それで気付かれないようにご飯やおかずを少しずつティッシュにくるんで捨てたりした。もうそういう小細工にも疲れていた。以前、食欲がなく食べないでいたら、次の日には息子が心配して面会に来てくれた。その時の息子は無惨なほどの老いを見せつけてきた。

自分の歳は忘れても息子の歳はお盆になるとニュースが教えてくれる。今年は戦後七十七年だそうだ。わたしが十七才で産んだ息子は、ちょうど終戦の夏、一才の誕生日を迎えたから、今年は七十八才になる。喜寿も過ぎているではないか。あの世行きの順番待ちに急に割り込まれた気分だ。

あなたとの思い出は日に日に鮮やかになってくるというのに、近ごろのことは山間《やまあい》に立つ霧に阻まれたようにぼやけている。息子は、陽に晒されてフワッと付いているススキのような頭髪で、その下にぶら下げている顔には、大小の水玉模様のシミが茶色く浮き出ていた。さらに開襟シャツの下には、貧相な骨格があぶり出てきそうだった。車いすの両肘に置かれている腕にもシミを貼り付けていた。

車いすを曳いていたのは、息子と同居している子、わたしの孫だった。その時につくづく男の家系なのだなあと思ったことだが、娘がいたところで、わたしはおそらくはこうして一人で施設で人生を終わるだろうし、そのことに不服はなかった。こうしてもらいたかった、ああなりたかった、などという願望もない。何の不自由もなくご飯をいただけて、お風呂も入れてくれる。感謝の気持ち以外には何もない。施設で倒れれば病院に送られる。ありがたいことだ。今はそういう時代なのだろう。その後、パッタリと息子は来なくなった。

息子だけではなく、最近、コロナという流行り病が猛威を振るっているとかで、誰も来なくなった。面会の場合は、部屋を訪ねるのではなく、ロビーのアクリル板を置いたテーブルに座って五分という小さな決まりができた。別れ際の握手は、肘と肘を軽く触れ合わせる肘タッチなら大丈夫だという。誰の発案なのか、ここだけでなく、外の世界もそんなふうに変わってきたのか。いろいろと考えるものだ。

流行り病といえば、わたしが生まれた頃も脅威のように襲いかかり、大勢のひとが原因不明で亡くなったという。後付けで、あれはスペイン風邪という流行り病だったに違いないと、身内や知り合いの死に決着をつけたのだった。わざわざ危険を冒してまでわたしに会いになんぞ来なくていい。そして、みんなコロナに罹らずに元気にしていればいいのだが。

先日、息子の嫁さんが面会に来てくれた。息子はガンで入院しているのだという。わたしに心配をかけまいと明言はしないが、彼女の口ぶりでは、余命数ヶ月というところだろう。

一番気掛かりなことでもあるし、一番の願いでもある逆縁だけは避けたいという思い。身内の死は、次はわたしに来るべきなのだ。大事な人が次々に死んでいった。それでも日々、いろいろなものに感謝して生きていけるくらいには心を強く保っていきたいと思ってきた。それもそろそろ限界が近づいてきたようだ。

世話人さんがバタバタと上履きの音を荒らげてやってきた。ドアの前で音が止んだから、ノックの前に目を開けた。

この世話人さんは、自身も還暦を過ぎているという。冗談のつもりなのか、よく「職場でも老老介護ですもんねえ。でもここではお金もらえるだけいいですけどね」という言葉を何度も聞いた。帰ってもお身内のお世話をしているのかもしれない。

「曾孫さんが来《き》とられますよ。昨日《きのう》言っとったでしょ。あら、もう準備できとるんですね？　じゃあ行きましょうかねえ」と急《せ》かせる。

なるほど昨日のことだったか。連絡があった時点でわたしは小花柄で前ボタンのワンピースに着替えた。いつでも面会できる準備は整っていた。そしてワンピースのままベッドに横たわり過ごした。

世話人さんは、ワンピースのことなど眼中にない。その都度、食事を気にかけ、着替えを気にかけるが、わたしの一日の流れの全体を見てはいない。手付かずの食事を確認し、世話人さんは何か呟き、無理やり匙でわたしの口の中に押し込んだ。その数口を飲み込むように喉の奥へ移動させた。

本当は食べることはもうどうでもよいので残していたのだが……。ひもじさは最初だけで、だんだん抑えられるようになっていた。ただ喉の乾きはどうにもこうにも収まらず、飲み物だけは口にしている。

わたしが世話人さんの力を借りて廊下に待機していた車いすに移動すると、彼女が押してくれた。車いすはエレベータに向かった。

箱の中に入ると前面に鏡があり、わたしが映し出される。見事なまでの年寄りぶりだ。

白い髪は素麺のように頭蓋に薄くへばり付き、マスクから出ている落ち窪んだ目だけでは、爺さんか婆さんかわからない。ワンピースを着ていてよかった。

鏡だからわたしが映っていると理解しているだけで、街《まち》なかですれ違っても、見知らぬ、ただ老いさらばえた老人としか思えないほどのくたびれようだ。

曾孫はロビーにふたつ置いている窓際のテーブル席に座っていた。男性が二人いて、どちらが曾孫だかよくわからない。彼らはわたしの姿を見ると、スッと立ってわたしに笑顔をくれた。

世話人さんは、彼らの向かい側の椅子を動かし、車いすのままテーブルに着かせると「五分したら迎えに来ます」と言って、いなくなった。

席は、お日さまの温もりが窓を突き抜けて入ってきていた。クーラーが効いているので左側だけがじんわりと暖かかった。

「ひーばーちゃん。元気だった？　ずっと来られなくてごめんね」と通路側の一人が言った。それで、曾孫だとわかったし、さらに彼は色白だったので、よく「夏は海に行って焼けておいで」とからかっていたものだと思い出した。わたしがまだ息子の家に世話になっていた頃の話だ。

背の高いもう一人の笑顔も、美味しいデザートを食べたときのようだ。

「僕の恋人だよ」

そう告げる曾孫の声は、大事な人を語る優しさに満ちていた。

男性の恋人だった。彼の貝殻のような耳朶《みみたぶ》に付けているピアスが、窓からの光を集めていた。

曾孫は「僕も彼も、男性の体と男性の心を持っている同性愛者なんだ」と告げた。つまり僕たちは……と話を噛み砕いて説明しようとするが「わかりますよ」と頷き制した。

同性愛は昔からあった。男同士のも女同士のも、そういう小説もあった。最近なのかどうかわからないが、体と心の性が折り合わない人もいるようだし、心に合わせようと体を作り変える人もいると聞く。自由な時代だ。

価値観なんてその時代がもたらすものだ。お国のお偉方が決めることもあれば、民衆の内から自発的に広がるものもあるだろう。たった今から同性同士で結婚することに決まったとおふれが出たとしても、わたしはもはやそれほど驚かないだろう。正義だとか真実だとかいうのは、字面ほど強くはない。

たまたまわたしの小中学校時代は軍国主義の価値観で動いていた時代だった。そういうものだと深く考えもしていなかった。そもそもお国相手を変えようなどとは、とうてい無理な話で、自分が変わるほうがよほど手っ取り早い。それに、わたしだって子どもを守るためには敵を殺すやもしれぬ。切羽詰まったら鬼にも蛇にもなるだろう。無傷で生き延びようとは露ほども思っていない、せめて刺し違えたい、共倒れは本望。

告白するとそんなふうにわたしは変貌してきた。それがわかっただけでも、生きてきた意味があったというものだ。ただ、そうやって自己弁護してはきたが、死が隣り合わせとなった今では、戦争はいけないと強く抗うべきだったと思う。これもしょせん繰り言か。

周りが変わっていくのは、致し方ない。わたし自身もどう変わるかわかったものではない。戦後グラリとひっくり返って民主主義と言われて戸惑いはしたが、慣れるよりなかった。ただ、この場合の変化は思ったよりラクちんで、タガが外れたように自分の中に制限がなくなっていった。

「一番最初にひーばーちゃんに認めてもらいたかったんだ」

曾孫はわたしを食い入るような眼差しで見つめた。ああ、そうか、とわたしは思った。

男性同士愛し合うことをわたしが承諾できないとでも思ったのだろうか。二人を認めるも認めないも、わたしがどうこう言えるわけはない。二人は愛し合っている。反対されようが、二人の気持にはなんら関係ないことは、曾孫たち自身が百も承知だろう。

ただ、わたしの孫である親あたりに、まずは、ひーばーちゃんに了解してもらうようにと言われたのかもしれない。かりに、そうであってさえ、皿倉山系の中腹にあるこの施設まで足を運んで会いに来てくれるとは、なんと優しい子に育ったものだ。子や孫、もちろん曾孫に感謝をせずにはいられなかった。係累が、家系で一番長老のわたしを立ててくれているのかどうかわからないが、忘れずにいてくれることは本当にありがたいことだ。

曾孫に向かって「よかったね。おめでとう」と言い、恋人のほうに「どうぞよろしくお願いいたします」と頭を下げた。

男性はわたしの細かく震える手を両の掌《てのひら》で包んでくれ「ありがとうございます。ずっと二人で楽しく暮らしていきます」と、どの程度圧を加えてよいやら計っているかのように握ってくれた。その掌の熱を通して、わたしの手はかなり冷たいのだと知った。

曾孫はわたしに何か不自由はないか、何か食べたい物があれば今から買ってくるなど、面会の制限時間内に、仕事の引き継ぎをするように淀みなく投げかける。わたしを気遣ってくれているのがよく伝わってきた。わたしは「なんも要らんよ、あんただちに会えて本当に嬉しいよ」と手を合わせた。

つらつら思い出すにつけ、わたしは戦争があったから、あなたに引き寄せられたのだろう。良かった悪かったではなく、生きておれば期せずして思いがけないことが起こるものだから。

戦争といっても、最初はその地響きがまだ他人事のようで、まあ、お国がどうにかしてくれるだろう程度に、安穏と構えていた。それは戦争の体験がなかったからではない。それは、いつでも日常のすぐそばに息を潜めていた。なにしろ太平洋戦争が始まる前、物心ついた時から、満州事変、二・二六事件、五・一五事件、あと日中戦争など世の中は物騒なことだらけだった。戦争や事件が勃発した現場や周辺では、死者数や事件の様子など、大人によってもたらされる聞き伝《づて》の情報に大変なことが起こったのだと理解はできたが、おおかたの大人と同様、眉をしかめながら話題にする程度のものだった。しかし時代としては、わたしの実感など及びもつかない出口のない冥《くら》いトンネルに潜《すべ》り込んだところと言えた。

時代を掌握してなかったのは、ある意味しょうがなかったのだ。わたしはまだ中学に入ったばかりだったから。しかも日本は強い、してやったりという風潮で、〈ハワイ軍艦沈没〉だったか、そんな歌までできたほどだった。ハワイ沖の真珠湾を攻撃した特殊潜航艇五隻のうち、一隻の一人が生き残って捕虜になったのだけど、友達の家には、その九軍神の写真を天皇陛下の写真の横に飾っていた。

それでも、わたしは、真珠湾攻撃した時、なぜ日本はアメリカのような大国相手に攻撃なんてしたのだろうと頬に掠める微風ほどの不安があった。南方作戦の一つだとはわかっていても、あまりに規模が違いすぎる。地図の中では日本は真ん中に赤く塗られてあったけど、周りのどの国も日本よりはるかに広大で、昔、アメリカからやってきた黒船だってとてつもなく巨大な代物だったから、はたして太刀打ちできるのだろうかと単純に疑問だった。

もちろん、そんなことはおくびにも出さなかったけれど。いや、どうだったか、あるいはわたしの考えだけではなく、社会科の先生あたりの言葉から感じられる思想的なものが、まだ未熟な頭脳ながらも自分で物事を筋道立てて、妥当な結論を導き出そうとしていたのかもしれない。

戦争が始まった頃はまだ、配給も同じ品物ばかりだったが、それでも定期的に割り振られていた。それが月日が経つと共に、徐々に、そう、じわりじわりと戦争の高波が打ち寄せてくる感じだった。子どもの頃、夏に、父が家族を脇田《わいた》の海に連れて行ってくれたものだが、砂浜に立っていると、引く波に足元を浚《さら》われては、目の前がグラリと傾くような感覚を抱いたものだった。

そして遠くに白くうねり立つ高波が引き返す波にぶつかり、多くは砕け散り白く泡立つ。押し留まっていた寄せる波が、じりっとその後から追いかける波と合体して、さらに高波を浜辺へと押しやろうとする。そのような今にも搦われ傾きそうな心もとない気持ちに襲われるのだった。

中学の時は、まだ曲がりなりにも学校は機能していたが、授業の半分ぐらいは軍事訓練に当てられていた。特に軍国主義は徹底して叩き込まれていて、家族が出征したことを、みな、自慢げに伝えていた。近所に住む男子は意気揚々と早く赤紙が来ればいいと言う者さえいた。わたしはそれを頼もしいと見ていた。

修練が重く扱われていたし、学徒動員、奉仕活動もあった。集落の隣組のようなものだ。その頃には、働き盛りの男性は次々と兵に取られていくのだから、残った者は深刻な労働不足を補うためにも、農作や物作りに駆り出された。先生たちも次々と出征の挨拶をして、学校を去った。女、子供にも、銃後の守りという言葉があったくらいだから、残った者ができることをするのは、中学生にもなれば当然のことだと思っていた。

中学を卒業して、看護婦の姉に倣って、個人病院で働きながら准看の資格を得ようと思った矢先、荒波を被り飲み込まれることになった。穴の開いた艦褸《ぼろ》船が水を飲み込んで傾きかけると、沈むのは容易い。あとはブクブクと底の見えない暗い海に落ちていくばかりだった。そのころから配給は滞り、食べるものにも着るものにも事欠いていった。父も徴兵に取られ、家の中は、祖母と母と姉、わたしの女ばかりになった。姉は、父と夫が入隊したことで、実家に戻ってそこから仕事に行くようにしていた。

どこの家もそうだが、働き手を失ったとたんに、一気に貧乏になって世間から舐められて、何も手に入らなくなる。お金ももちろんあまりなかったが、姉が働いて得たお金で食べ物を闇で買おうとしても、売ってくれなかったり、足元を見られるのか、いいように吹っかけられて高値で掴まされた。祖母と母の着物を風呂敷に包んで、農家を回ってはお米や野菜と交換してもらった。その着物も底ついては、にっちもさっちもいかなかった。

あなたとは親戚のお世話で一度も会うことのないまま、結婚した。あなたの実家が遠賀で田んぼを作っていたから、伝手でお米が手に入るとでも思ったのかもしれない。あなたの家でも、お義父さんもお義兄さんも出征したのだから、あなたも兵隊に行く前に家を守っていく必要があり、早いとこ嫁を持たせないといけないと思ったのかもしれない。

どんな大人の思惑や事情があろうとも、わたしはあなたと縁あって夫婦になった。七才年上だった。当然、近所の男子に比べると、良く言えば大人で、そのままの印象で言えばオジサンだった。先に結婚したあなたの兄夫婦が家の農作業を引き受けていた。あなたは電気関係の仕事をしていたので、わたしたちは、あなたの勤め先からほど近い、そして、わたしの実家にもさほど遠くない距離の中央町に家を借りた。

嫁ぐ挨拶に行くとき、汽車に乗った。満員で、扉の近くに押されるように立っていた。前の席の煤けた窓越しに外を眺めていると、いつの間にかわたしは巨大な蛇になって人の栖《すみか》がひしめき合う町を過ぎ、田を撫で、竹林を潜って跳ねるように駆けていた。遠賀川を渡るときは川の上を跨いだ鉄橋をスルスル、スルスル、こちらからあちらへひとっ飛びした。あいにく反対側で見えなかったが、海へと続く芦屋側の窓からは、あなたの実家が確認できたはずだ。家は小さいから見えなくても、広がる田んぼの近くに大きなイチョウを祀る祠があり、にょきっとそびえ立つイチョウの木は見えたに違いない。その木を目印に行けば、すぐの角だから迷うことはない。

大蛇は小さな駅舎へ滑り込むと、腹からぽろりと新しいわたしを産み捨て、何事もなかったように去っていった。新しいわたしは、あなたの嫁になったわたしだ。

あなたは朴訥で、無口で仕事熱心……みんなして出来たダンナさんだと褒めていたけれど、わたしは存外つまらない思いを抱いていた。もっと優しい言葉をかけてほしかったし、もっと甘えたかった。なにせこっそり友達と話したようなドキドキする出会いも、デートもしないまま、一足飛びに結婚したのだから。

新婚生活もこれと言って華やぐことはなく、実家にいた時は祖母、母、姉がしていたのでわたしはほぼ手を出すこともなかった慣れない家事をこなすのに必死だった。絵の具に水を落としたように、戦争の色合いが少しずつ溶け出して滲むように身近に迫ってくるなか、わたしはあなたと結婚して数ヶ月後には児《こ》を宿した。

赤ん坊というのは、なんとまばゆいばかりの生彩を放ち続けているのだろう。息子が生まれて、わたしたちの小さな住まいは一気に賑やかになった。

息子はすぐには産声を上げなかった。産婆さんからお尻を叩かれて蘇生したのだった。すぐに泣かなくてお尻を叩かれていることはわかったが、息をしていなかったとは……。

後にそばで手伝っていた母が言うには、取り上げられたとき、赤ん坊はもう生きるのを諦め自らで首をくくったとでもいうように、臍の緒を首に一巻きしていたらしい。蘇生という言葉も、一度死んだものが蘇るという意味らしい。

誕生の瞬間から、なんというだいそれた事を成し遂げてくれたのだろう。ひとえに産婆さんの処置が早く適切だったおかげだと、その後、誕生日を迎えるごとに感謝をしたものだ。産婆さんの力と同時に、息子自身が生きてみようと思ったのだろう。その後は乳もグングンとしゃぶりついてくれた。

一方、わたしのほうは、産後の肥立ちが芳しくなかった。息子の産着やおしめのサラシはお義母《かあ》さんが用意してくれた。家で採れたお米をわたしたちのために、サラシと交換してくれたのだ。その後も、お義母さんにはとてもよくしてもらった。そのご恩はずっと忘れないできた。

あなたは男児誕生を「でかした、でかした」と喜んでくれた。わたしの産後の床上げの時期をみて、何日かかけて駆けずり回って、じゃがいもや大根、魚、少しのお米や濁り酒、闇市で手に入るものはほとんどが薄められていたとはいえ、ビールなどをかき集めて来た。そして、両実家の縁者を狭い借家に呼び寄せて、一夜でそれらすべてを振る舞った。

それほどに息子の誕生が嬉しかったのだなあと思っていたが、息子の誕生披露のときの挨拶で、召集令状がきて翌日に出征することを親戚の前で告げた。わたしの体調が悪いこともあり、ギリギリまで伏せていたらしい。後々、家族たちとあなたのことを話すにつけ、あの日の最後の宴《うたげ》は、わたしと息子をよろしく頼むということだったのだろうと思われた。

あなたは電気の仕事をしていたので、海兵さんと共に関東の方から船に乗り込むのだと言った。アメリカに行くのかと聞くと、それはわからないが、行くかもしれないと眠っている息子のほうを見つめた。

翌朝、あなたが戦地に行く日、わたしはあなたに「お国のために立派に戦って来てください」と言った。その日が、あなたの元気な姿を見るのが最後の日だった。

その後の成り行きをみて、ああやっぱり、あの時胸騒ぎがしたものだと後出しジャンケンのように思うことがある。その日も振り返って思えば、凶事の予感というほどではないが、朝から不穏な動きがあった気がする。

八月八日、空襲警報が朝から何度も鳴っていて、暑いさなか、翌週で一才になる息子と押入れに入ったり出たりしながら、警報が静かになったら、外を伺って上空を見上げてみるというのを繰り返していた。息子はけたたましい音をいやがって泣いた。

息子に栄養ある食事を十分に与えられていなかったから、もう栄養はなかったかもしれないが、息子が泣き出すたびに、乳を絞り切るように含ませていた。飲み食いの後には、オシッコさせようと後ろから両股を広げるように抱えた。オムツ一枚汚すのももったいなくて、縁側から小さなお尻を晒すのだった。息子は蒸れていたオムツを開放されて気持ちよかったのか、その度にわずかながらもオシッコをし、わたしを喜ばせた。男の子のオシッコは小さな虹のように放物線を描く。たまに放尿後、ビクンと驚いたように体を震わした。

わたしは、朝の胸騒ぎをハアーッとことさらに大きなため息をつきながら、身の内から吐き出そうとしていた。

それにしても、なぜあんなに巨大な国に対して日本は攻撃を仕掛けたのだろうか。思っても罪になりそうなことだが、単に国の規模の比較としての不安が浮かぶ。

対比の対象にもならないかもしれないが、息子が生まれて、食べ物の乏しい中、わたしの乳も満足に出ず泣きながら授乳していると、こんな小さな弱き者は、はたしてどうやったら生き延びていけるのだろうとつくづく考えさせられるのだった。わたしが守らねば、誰かが保護しなければ、今日明日の命さえ自らでは保てないのだ。大きいもの相手に戦《いくさ》を仕掛けたら負けるに決まっている。だから、やらないのではなく、小さいもの相手であっても戦は仕掛けてはならないのだ。その一点は、まだ首も据わらずふにゃりとした息子を腕に抱くたびに、頑として腑に落ちたから、曲げたくない。

ただわからないのが、じゃあ、戦に巻き込まれたり、どこかの国から仕掛けられたりしたら、どうやってこの小さき者を守ったらいいのだろうかということだった。自分の身も満足に維持できないというのに。守ることが戦うことになるのではないか。いや、それとて敵地に乗り込んで敵を殺《あや》めるというのは違うと感じる。せめて逃げるだけであっても我が身、赤ん坊を守ることにつながる。それだけでは足りぬ、殺《や》らなければ殺られるとなれば、守るために鬼になるしかないのか。

だからといって、赤ん坊が一緒だということで足枷になっていると短絡的に結びつけてはいない。それほど簡単なものではない。小さき息子がいることで、自暴自棄になったり嘆いたりする弱気を、その度毎《たびごと》に立て直していくことができた。

とくにあなたの留守中という事情も、わたしを奮い立たせた。戦争の魔力なのだろうか。一抹の不安も薄れ、ずっと船酔いしているような高揚があった。息子を守らねば、なんとしてでも食べ物を手に入れなければ……

敵機がすぐ上空を飛んでいるのが音でわかった。後《のち》に日本の零戦《ぜろせん》が普通のトンボなら、アメリカのB29はオニヤンマだと例える人がいたが、敵機が上空を駆け抜ける音はかつて聞いたことのない体中を貫くほどに凄まじかった。

ダダダダダ……という激しい豪雨のような焼夷弾が降ってきたかと思うと、ゴーンゴーンドーンという地響きが、隣かその隣ぐらいで起こった。すぐさま押入れから出たはいいが、家から出るべきかどうか迷っていた。

ダダダダダ……ゴーンゴーンドーン

音は遠ざかっても耳鳴りなのか、ずっと消え去らない。その時の音は、戦争が終わって何年も顫音《せんおん》のように繰り返し、繰り返し、わたしを苛んだ。

家を出たら危ない。上から見つけられたらすぐさま撃ち殺される。それでも数秒後には家を飛び出した。猛暑の暑さだけでない、近くを爆撃された衝撃で、熱波のような暑さが割れた窓ガラスから入り込んでいた。どっと汗が滴るほどの耐えられない暑さだった。暑いというより、熱い、灼かれるような灼熱感。そしてすぐに襲った煤《すす》けるような強烈な匂い。今までに嗅いだことのない危険な匂い。逃げなければ。

わたしは急いで息子を胸に押し当てるように抱き、防空頭巾をすっぽり被せ、紐で胸側に括り付けた。

水筒やあるだけの筒状の入れ物に汲み置いていた水を入れて、あらかじめ用意していた炒り米やカボチャなど食べ物もあるだけ入っているザックを背負った。引き戸を開けようとするが、近隣の爆弾の衝撃で建付けが曲がったのか、頑として開かなかった。風呂場の横の木戸から出たとたん、真っ赤な炎を見た。火事だ。臭いと熱波の原因だ。すぐ隣まで来ている。炎の火柱が、ボンボン立ち上がり、煙も充満している。

逃げなければ。家が焼ける。逃げながら振り返ると、爆撃を免れたものの、火災に巻き込まれ炎上している一帯に、わたしたちの家もあった。

逃げながらも実家のある尾倉の方に進んで行っているつもりだが、景色に見覚えがない。様変わりしたズタズタの光景に位置の見当がつかない。とりあえず皿倉山の方角を左前方に見て走った。山のほうには色があった。山の樹木の色。傷つけられていない。考えることは同じなのか、何人もバラバラとではあるが、山の方に向かっている。その足取りは重たく緩慢だ。わたしも同様だった。気持は走ってはいたが、ぜんぜん進んでいる気がしなかった。脚や体、肉体が重く、上り勾配によろけそうになる。

目指す先は実家だ。実家に行かなければ。母と祖母がいる実家に。一瞬だけ、もし母がわたしたちを心配してうちの家に来ていたら、すれ違いになったらという疑念が過ったが、すぐさまそれはないだろうと打ち消した。実家には祖母がいる。それに仕事に出ている姉が帰ってくる。姉が帰ってくるのだから、勝手に家を空けることはないだろう。わたしたちが心配なら、姉の帰宅後、様子を見に行かせるに違いない。

あちらもこちらも見渡すかぎり、硝煙が立ち鼻をつき、爆撃で吹き飛ばされて瓦礫になった集落に、白い煙がゆっくりと空に昇っていく。煙と一緒に焦げ臭い臭《にお》いが拡散していくのか、離れていても臭いに追いつかれてしまう。焼け焦げた物から放たれる臭いも頭がおかしくなりそうなほどだ。その向こうは、すさまじい炎を爆《は》ぜながら右に左に揺れ、うねり、集落を燃やし続けている。炎の波。

もはやどこに向かっているか見当がつかなかったものの、わたしの中の地図は左手に山を見ておれば間違いないのだと歩みを進めさせた。右手には見えないものの、洞海湾があるはず。

しばらくして、日照り雨が降ってきた。衣服は元々の生地の色や染みもあってよくわからなかったが、手や、前抱っこで括りつけた息子に降りかかる雨粒は黒かった。黒く汚れた雨。焼夷弾で焦がされた粉塵が舞い上がって澱んだ空気を一緒に雨粒として落としつけているのだろう。

わたしは泣きもしない息子が気掛かりでならなかった。水や食べるものをあげたかったたし、雨を避けたかったので、攻撃を免れ形ある家の軒先を借りようと敷地に入った。お地蔵さんが玄関先におられた。お地蔵さんにちょっとだけ雨宿りさせてくださいと手を合わせて軒先で雨を凌いだ。

背中から息子を下ろし、ちょうど良さそうな平らな石に腰掛けて、まずは乳を含ませた。生まれたばかりの頃のように、グングン吸われている感覚もなければ、乳が張って痛い感覚も遠のいた。わたし自身の栄養が足りてないのは明らかだった。それでも、水を飲めばそれが乳に変わると信じて喉を潤した。水筒の水も飲ませた。お粥さんをあげたかったが、どうしようもない。

ひもじさに泣くのも惜しんでいるのだろうか。いや、泣くにも力がいって、その力が弱っているのだと思った。離乳食も進んでいたから、火が通ったものだと細かくすれば何でも食べさせることができたが、配給で手に入ったのはじゃがいもかカボチャぐらいしかなかった。さすがに生のものを食べさせるのは、抵抗があった。それで炒米を少しずつ口に含ませた。唾液で膨らむだろうし、滋養にはなるはずだ。

一時間ほどしたら、雨が止んだ。焼けた瓦礫が水分を含んだことでウエハースのようにグズグズにふやけて崩れ始めた。乾いた焦げ臭さに加えて、湿った古タイヤのような饐えた臭いも漂ってきた。

雨が止み、一息ついたことで、少し元気になったわたしは、再び歩き出した。胸にはもうすぐ一才になる息子を、背には水や食べ物やオムツなどを詰め込んだザックを括り付けているので、腰は重く、肩は千切れんばかりに痛かった。休み休みしながら辿り着いたわたしの実家を含め、付近一帯は、跡形もなく吹き飛ばされていた。夏真っ盛りの暑さもさることながら、なんともいえない匂いと、熱波のような空気が体中に粘っこく絡みつく。

もう少し先、正確な位置はわからないが駅のあたりだろうか、商店街も比較的目立っていた衣料店も、灰色一色の瓦礫に高さだけを残そうとする立ち枯れの樹木のように、残骸を突き出していた。爆撃と火災の余燼《よじん》がそこいら中に燻り続けていた。目印になっていた店や看板が吹き飛ばされているので、山側が南だと見当をつけて歩くしかなかった。

数キロほども離れているだろうか、上空に轟音が訪れ、キラリと光る物から、ザアーッと集中豪雨のような火を噴いて落ちていくのが見えた。

ダダダダダ……ゴーンゴーンドーン

実家もアレにやられたのだろうか。わたしは泣いた。「お母さん、ばあちゃん」と泣きながら、叫びながら、探し回った。ただ、小伊藤山《こいとやま》の防空壕にいるはずだという思いがわたしを奮い立たせ、足を踏み出させた。

千人ほども入ると言われていた大きく堅牢な防空壕があったので、そこにさえいれば、母も祖母も助かっているはずだったから。

「空襲はいつくるかもわからん。ここにおって、一緒に小伊藤山に避難しよう」と母はよく言っていた。

またもやザックから炒り米を取り出して、数粒ずつに分けては息子の口に運んだ。わたしもぽりぽりと噛んでは、飲み込むのを惜しみながら口の中で右に左に転がしていた。小伊藤山に辿り着くまでに、あたりにたくさんの物体が転がっていた。ご遺体だとすぐにわかったが、あえて考えようとしなかった。近づくと、足がそれを避け、目が逸らせ、意識が気づかぬフリをした。人が死ぬことに麻痺していたと思う。

鼻だけが、息を吸うごとに状況を無視できず、勝手に感覚を発揮した。周りのくろぐろと生い茂る樹木が眩しかったが、澱んだ空気とずっと鼻腔に燻り続けている異様な匂いが去らず、何度も嘔吐しそうになった。涙は出ず、吐きそうになるのを抑えるのが精一杯だった。わたし自身の気持としては悲しいには違いなかったが、諦めというか、戦争でやられたんだからしょうがないのだというふうに感覚がイカレていたのだろう。

駅側は焼け野原だった。購買所の巡りにある桜並木も、無惨な姿だった。巨大な怪物が木々をなぎ倒したとでもいうように、箸がばら撒かれたように好き勝手な方向で散乱していた。

防空壕にわたしが辿り着いた時には、日が西に近づいていていた。家族を探しに来ただろう人たちや工兵隊が、五つある入口付近に集まっていた。周辺にはたくさんの動かないものがあった。わたしは息をしていないそれらには見向きもせずに、中へ入ろうとしたが、入れなかった。

母と祖母はまだ中にいて、ちゃんと生きていると信じていたが、全滅だと聞いた。全員生きているものはいないというのだ。それでも入り口から薄暗い中を覗くと、動いているものは、運搬作業のように動かないものを運び出しているだけだった。

千人もの人が避難できる防空壕だと豪語していたのに……

火事に見舞われた近くの印刷所の煙が入り、窒息死したのだそうだ。

周りは爆撃を受けて家も道も木々もひとのように思える姿も粉々に飛び散った名残りも、襤褸布のようになって灰色に燻っていたが、防空壕の中のひとたちは窒息死なので、きれいなままなのだという。どこがどこだかわからない焼け野原。色彩を失い黒焦げか朽ちた灰色。山のほうだけが太陽を浴びて深々と緑色を混えていた。

ゴーンゴーン　ドーン

まただ。耳にこびりついて離れない。この音に殺られたのだ。

呆けたように、実際、その後の行動を覚えていないのだが、息子を抱いたわたしはうろたえながら、すでに外に出されていた動かないものを、ようやくご遺体とみなし、母と祖母ではないことを確認して回った。

目に焼き付いたと思われた悲惨な光景も、カメラのシャッターを切るたびに目の前を映し出すように、見るものが違えば新たな光景が上書きされる。目は、あんがい浮気性なのかもしれない。それに比べると、耳や鼻は何度も繰り返し奥深くで狂ったように暴れだし、わたしを何年も何十年も苛んだ。ことに臭いは、台風並みの威力の風でも吹かないと臭いの粒はそこここに充満していて、空へと拡散されていかないのではないかと思われた。でも、気づいてはいた。焼けて立ち昇った煙だけでなく、熱を帯びたまま焦げつき、燻り続けている瓦礫そのものからも、そして来るときに目をそむけていた動かないものたちが、そこいら中にあり、臭いの元であった。そして、わたしのその後の人生の長い年月を憂鬱の元凶として滞在した。

ただ、我慢できた……というか、我慢しないといけないと思ったのは、そこにいる人ならみな感じていることだろうから。わたしひとりではないことだから。一番心配だったのは、大人のわたしでさえこれほどのダメージがあるのだから、胸に抱く小さな息子も鼻がどうかなってしまうのではないかということだった。幸い、後に息子は香りで夕食のおかずを嗅ぎ当てられるようになった。

とっぷり日が暮れて、仕事先から駆けつけた姉が、ぼんやりと座り込んでいるわたしを見つけてくれた。そして蒸《ふか》したサツマイモをわたしと息子に分けてくれるのだった。姉とひとしきり母と祖母の死、そして実家の火事を嘆き、わたしたちはそれぞれ夫の実家に避難しようということになった。

あなたの実家に行くには、汽車を使わなければならなかった。焼け野原だった駅側は、見たままの状況で、黒崎まで歩かなければならなかった。

とうとう日が暮れてしまったが、なんとか辿り着いたわたしと息子を、お義母さんとお義姉《ねえ》さんが広い心で迎え入れてくれた。息子のおかげだろう。わたしは他人だが、息子はあなたの血を引いている家族だ。

その後、あなたが亡くなってからも、ずっと住まわせてくれた。お義父《とう》さんも戦死したが、幸いなことにお義兄《にい》さんが還って来た。戦地に行った周りの男衆はみな死んでいったから、お義兄さんが生きて戻ってきたのは、奇跡だと思った。わたしは農作業を手伝いながら、朝と夕方は近くの短期大学の寮の給食婦として働いた。息子が中学へ上がる頃だったか、お義母さんとお義兄さんの家族は、田んぼを縮小して、実家の隣の敷地に家を新築した。小さく古びた実家はそのままわたしと息子に提供してくれた。

あなたが亡くなったことを知ったのは一枚の紙切れだった。普通の質の悪い電報の紙だった。

あなたの乗った艦が何月何日、どこでどのように撃沈されたのかなど、知りたいことは何一つ得られなかった。記録があるのか無いのか、単に漏らせない情報なのかはわからなかったが。

当然のことながら、お骨もなかった。お骨がなければ、あなたの死という事実も長い間実感が持てなかった。これまでのように不在なだけのように思われた。

あなたが亡くなったと知ってから、毎日のようにあなたを思い、心を砕いていた。無いと思えばいっそう欲しい思いが募るのと同等に扱っていいものかわからなかったが、大切な人を失って、初めて気づくような淡い恋心だった。

海の藻屑となったであろうあなたのことを想像するのは、わたしにとってはさほど難しいことではなかった。海底深く落ちていったあなたは、体ごと魂ごと水になって、いずれ海水に溶け込むだろう。海はどこまでも続いている。どこの領海なのかわからないが、アメリカの沖であっても、海は地図に記された名前ほどには境目は厳格でない。ずっと繋がっている。ひとの体は六割がたが水だと習った。あなたはうまく海に溶け込んだに違いない。わたしはあなたがいつもぐるぐると漂って脇田の海岸あたりに、また遠賀に移り住んでからは芦屋あたりに辿り着いているのではないかと、都合よく思うのだった。

その想像は、すぐさま飛躍していった。幼い頃から毎日のように皿倉の連なる山を見ていたものだが、雨上がりなど稜線から霧が立ち上るのが見えた。わたしはその霧が立つのが大好きで、よく飽きず眺めていた。山に何度も足を運んでいると、稜線には谷川があることがよくわかった。気温などの条件さえ整えば、山の上の方の谷間から霧が発生するのを見ることができる。風を感じられない中、谷下の川から乳白色の靄があちらこちらから……と生まれ、漂いながら、わずかに揺らめきながら、増えて靄の塊になって、じんわり浸透するように上昇していく。

いずれそれらは拡散され乳白色の色が溶かれ、空気に混じり、雲になっていくのだろう。その雲も漂動し集まり、また霧散し、また雨雲となって寄っては雨を降らす。雨が染み込む地面や、流れる先の川も海も繋がっており、雨雲を作る水気をたっぷり含んだ空気もまた繋がって循環を繰り返していくのだろう。そんな想像をしていると、ぽーんと視界が開けるように気持が晴れてくる。

そうであれば、あなたの体も海に分解され、溶けて蒸発して、また地上へ降り注いでいるのではないか、海に山にわたしの周りの空気にもいるのではないかと思うのだった。そしてわたしは、空気を吸うごとに、水を飲むたびにわたしの裡《うち》にあなたという仏様を育てていった。

終戦から三十年も経っただろうか、お盆を過ぎてツクツクボウシが鳴き出した頃、あなたを訪ねてひとりの男性が現れた。

還暦は過ぎているだろう。わたしよりも一回りは上に見えた。そして生きていればあなたよりも少し上。

背はそれほど高くないが、がっしりした体躯に、半袖の白いワイシャツ、濃いグレーのズボンを履いていて、営業で回っている会社員のように見えた。眉は濃く、目は細く垂れ目で普通に話しているのに笑っているように見える。静岡で食堂を経営しているという。遅いお盆休みを利用して訪ねてきたようだ。その方は、あなたとは海軍で一緒だったと告げた。

一瞬、衝撃をくらったように体がグラリと傾きそうになった。一緒の艦ではなかったのだろうか。あなたは海に沈んで、その男性は生きている。尋ねたいことは山ほどあったが、何をどう訊けばいいのかわからなかった。

「同じ船ではなかったのですか？　主人はどのようにして死んだのですか？」

とりあえず浮かんだ質問が口について出た。

「一緒の船でした。ご主人は伊勢という戦艦に、整備工として配属されてきました。戦争の末期、伊勢は日本本土に係留し、浮き砲台として戦っていた時期があります。ちょうどその時に、小生は艦内の事故で腹部を大怪我し、隊を退かなければなりませんでした。その後のご主人の詳細はわかりませんが、船自体が空襲にあい、大破しました。隊員もほぼ全員助からなかったと、退院してから聞きました。誠に遺憾です。大変申し訳ない」

男性は自分の罪でもあるかのように深く頭を下げた。

申し訳ないという気持ちは、わたしにもある。あの戦争で生き残ったものは、戦争で命を落とした方に対して、誰もが少なからず抱いている感情ではないだろうか。ましてや共に戦ったのであれば、わたしの問いかけに自分が責められているように聞こえたとしても致し方ないだろう。戦争が悪いのであって、誰のせいでもないのだが……

そして男性は、あなたのことは忘れずにいて、一度、お墓参りに行きたいと思っていたのだと言う。見知らぬ土地であなたのことを知っている人が、今も生きて思い出してくれるだけでもありがたい。お義兄さんを呼んで来よう。きっと喜ぶだろう。

もっとあなたの話を聞きたかったので、まずは上がってもらおうと思ったが、男性はお墓が近くなら、どうしても墓参りをしたいと言い張る。慌ててお参りの用意をした。

墓地はお寺さんのすぐそばにあり、歩いていける距離だ。わたしは先に立って男性の歩幅を意識しながら、早足で向かった。

お墓は、お盆に参っていたので汚れてはなかったが、花が枯れていた。お盆だからと生花にしたが、やはり造花にしておけばよかったかと後悔した。わたしは枯れた花を抜き、買い物カゴに押し込んだ。ろうそくを灯し線香に火を点けると手を合わせた。そして、男性に次を譲った。

男性は「しばらくここでご主人のお参りをしたいので、大変ぶしつけですが、家へ戻られてこの小説を読んでもらえませんか。お参りがすんだら、引き取りにお宅に寄らせていただきます」と、このあたりの言葉と違う、歌うような高低で話し、茶封筒を渡してきた。受け取ると思ったより重さを感じた。どうしたものかよくわからないまま、わざわざあなたを訪ねて来たのだから無下にはできないと思い、そのまま預かって帰った。

わたしは家に戻り、茶封筒を開けた。男性が言っていたとおり、なにやら字が書かれた原稿用紙の束があった。小説だと言っていたから、小説なのだろう。どうしてわたしに読んでほしいのかと訝しんだが、とりあえず読み始めた。字は体を表すというが、角張った大きな字で、性格もおおらかなのかなと思われた。

ただ慣れてないからか、手書きの原稿というのは、本を読む習慣のないわたしにとって一枚進むにも時間がかかった。

小説は海軍のことでなく、陸軍の兵隊のことを書いていた。准尉が二等兵を呼び出したところから物語は始まる。准尉というのは部隊の目付役であり、叩き上げの兵士が昇りつめた位で、軍隊内部を知り尽くしているしたたかな人物のようだ。

その准尉が、訓練中に何度もビンタを受け、頬を腫らした二等兵を部屋に呼びつけ、辛いだろうと優しくその頬を撫でる。准尉は蛇だった。二等兵は蛇に睨まれた蛙。准尉は自分がお茶を飲ませてやろうと二等兵に口移しする。蛇の粘着質な舌はチロチロと蛙を舐め回す。チロチロ、チロチロ。誰か来てくれないかと思うが、その日は日曜で、みな家族の元に帰っているか、外出中だと蛇は蛙の耳元で囁く。ザラザラした感触が、蛙の胸や腹、乳首を弄び続け、さらには外された褌の中の波立つ……

わたしはその辺りまで読むと、先に目を移動させることができなくなった。読み慣れない小説、しかも見知らぬ男性に手渡された原稿を読むのに疲れたし、いや。疲れた以上に、逞しかったあなたのことをぼんやりと思い出さずにはいられなかった。

そしてポッポと体が火照ってきた。お盆過ぎたとはいえ、まだ日中の気温は高く、そのせいの汗なのか、わたしが想像したことで起こった体の変化なのか、額に吹き出す汗の一粒が原稿用紙に落ちて、ハッと我に返るありさまだった。

思ったより時間が経っていたのだろう。ちょうどその時、玄関先で「ごめんください。すみません」と訪ねて来たときと同じ、大きな声がした。男性が戻って来たのだった。

わたしはシャンとしたつもりだったが、自信はない。読みかけていた原稿を元のように茶封筒に収め、男性に返却しながら「お茶でも」と、中に入るように促した。男性は家に上がらずに、「読んでいただけましたか」と訊いた。

わたしは「いえ、最初のほうだけで……」と正直に応えた。「そうですか、それがいいでしょう。あれは、小生が書いたものです。お手間を取らせました」と、笑ったような垂れ目をいっそう細めた。

わたしにしてみれば、ではなぜ読んでくれと取りにくる時間までわざわざ設けて預けたのか、わけがわからなかった。

そのまま日帰りするという男性が、玄関を出て立ち止まった。眼の前に広がる夕陽の光の束を浴びてうっすら紅く色づいている田んぼを目に焼き付けているのだろうか。

「こちらは陽が長くていいですね。夕焼けがきれいです」と眩しそうに、細い目をいっそう細めた。

わたしも一日の終りを労うように、風景の白っぽい部分から仄かに赤く染め上げながら落ちていく夕陽が好きだった。ことに、海に沈む夕陽、それを息子を海水浴に連れて行った際に見たことがあるが、宝石のように煌めいていて、ずっと見ていたい光景だった。

何度も礼を述べて帰って行く男性の後ろ姿を、駅の方向へ、突き当たりの角を右に折れ、完全に見えなくなるまで見送った。

男性が去った後、しばらくわたしはぼうっとなっていた。すると、なんということだろう、夢の中とも現とも思えない夕暮れ時に、あなたはふうわりと立ち顕《あら》われた。

わたしは「よくぞご無事で戻ってくれました」と一言だけ声をかけた。

あなたを戦地に送り出す時に、「お国のために立派に戦って来てください」ではなく、どうして「どうぞご無事で戻って来てください」と言わなかったのかとずっと後悔していた。それをやっと言えたのだ。

あなたは、元は白かっただろう上下の、灰色に汚れが染み込んで抜けないと思われる服を着ていた。後にわたしが働くようになった短期大学の給食員のような服だった。被っている帽子も同様に薄汚れてはいるが、小学校の赤白帽のような形。

あなたは何も言わずに、それらを剥ぎ取り、日に焼けた全身を曝け出した。わたしも倣って素っ裸になった。


今、わたしはあなたの元へ旅立つ準備をしている。覚悟というほどのことでもない。覚悟ならもうとうに出来ている。あの時、わたしが死なずに生き延びることができたのは、息子がいたからだと思う。その息子も七十八才になる。夏になると自然と知らされる。今年で戦後何年……と、テレビやラジオから耳に入ってくる。その戦後に一つ足したら息子の年齢になる。

彼の命はもう尽きようとしている。なんとしても逆縁は避けなければならない。あの時代、瑞々しく若い息子、娘たちを亡くして、絶望の淵に立たされた母たちを何人、何十人も見てきた。わたしだけが、その試練を逃れたいというのではない。今までその試練を受けずに、ここまで永らえてきた命に感謝すればこそ、息子の荷も理解できるような気がしている。その荷を降ろさせてあげたいのだ。

わたしには曾孫もいる。あなたの曾孫。

その曾孫、年頃の男性なのだけど、今日のお昼に、わたしを訪ねて来た。恋人を紹介しに、わざわざやって来てくれたのだ。

曾孫は同性愛者だということを、緊張した様子で告げながら、わたしに自分の恋人と出会わせてくれた。男性同士の愛をわたしは祝福した。彼らはホッしたように、顔を見合わせて破顔した。曾孫のほうは毛深かったあなたの血を引いているのか、色白の顔に髭剃り痕が青々としていた。若いということは、なんて素晴らしいのだろう。

彼らと過ごした時間は五分ほどだった。今流行りの感染症の配慮で時間が制限されていたこともあったが、わたしと彼らにさほど続けられる会話はなかったから、潤沢な時間と言えた。

一通りの挨拶や近況報告が済むと、二人は「元気でね、長生きしてね」と二度ほども言い、最期の別れのように名残惜しそうに腰を上げるのだった。

わたしにしてみても、五分が限度だ。昨日からよそいきのワンピースに着替えて、面会の間も、シャンと見えるように車イスに腰掛けていたのだから、どっとくたびれた。そのうえ瞼《まぶた》が閉じないようにと保ち続けて、精一杯ギョロ目にしているのにも疲れた。

わたしと話す間、別れを告げる最中も、恋人たちは始終、見つめ合って笑い合って、お互いの髪や手を触ったりしていた。とてもほほえましかった。

彼らに別れを告げるとき、ふと家を訪ねて来た料理屋の男性のことを思い出した。あなたの墓参りに来たと言いながら、わたしに男色の兵隊さんたちを描いた小説を読んでくれと原稿を渡されたことを。

あれは、もしかして事実を小説という仕掛けで描いたのではないだろうか。小説の舞台は陸軍のことだったが、本当に書きたかったのは海軍のことで、あなたの乗った艦の中で起こった出来事ではなかったか。准尉がその男性、二等兵があなた。

上下関係の厳しい隊での関係を大きなアメリカと小さな日本のように捉えたが、逆らえないことではありながら、その実、准尉と二等兵の間には愛が芽生えていたのではないか。上下関係を超えた純粋な気持ちが、手籠《てごめ》にされたと思えた二等兵にも少なからず兆し始めたのではなかったか。途中で読めなくなったから、小説の内容はどういう結末を見せたのかわからないが、曾孫が同性愛者だったことは、なにかの符牒なのかもしれない。

あなた不在の遠く離れた地に、細い手がかりを手繰り寄せて現れた男性が、小説という形を借りて妻であるわたしに告白しに来たのだろうか。あなたと男性との密やかな愛。

これが女性だったとしたら、出張中の浮気相手が乗り込んで来たという状況なのだろうが、日常はテレビドラマのように確かな結論や相手の本心などを窺い知ることは難しい。だが、そうだとしても、戦地に向かって進む海原から押し寄せる現実の死に対面しては、夢想も狂気も愛も生きている大切な証だったのではなかろうか。

敵地に赴くことなく、それでも戦争を掻い潜《くぐ》るように生き延びたわたしが戦後、泥に這いつくばるようにして、それまでの真実と思えた事柄を都度、覆しながら再生してきたことを思えば……

曾孫たちの愛情とは違って、軍隊という異性が排除された体制下での産物なのかもしれない。死の陰の中で産み落とされた一筋の光。

そして、その産物の標的になったのが、たまたまあなただったのかもしれない。たまたま電気のことが詳しかったから、兵に採られたときに、陸でなく海へ向かうことになった。たまたまそこで小説中の准尉である訪ねてきた男性に会った。たまたま男性に裸にされ犯された。単なる憶測なのかもしれないが、そう考えると男性の行動にも納得がいく。だが、それもすべてはわたしの勝手な空想だ。

　農作業の時、葉っぱの裏にアブラムシがびっしりと貼り付いているのを頻繁に見るが、アブラムシも葉を選んでいて、キュウリ、トマト、バレイショなどの夏野菜に多く付く。アブラムシにしてみれば、たまたま餌になる好みの野菜がそこにあっただけにすぎない。あれもたまたま。これもたまたま。たまたまというアブラムシがひしめき合って、いつしか真実とも見える必然になっていったのかもしれない。アブラムシも最初見たときは気持ち悪かったものだ。だが、アブラムシだけでなく、作物に食らいつく虫と格闘するうちに、なんというか虫も生き延びようとしているのだなあという気持になることがあった。

　いつもそういう柔和な気分でいられるわけではなかったが、家族、特に息子に良いことがあったり、思いがけず辛いことが起こったときなど、畑仕事に精を出していると、生きている実感というものは、笑ったり、泣いたり、怒ったり、疲れたり、そういった営みの中に感じるのだなあと思われるのだった。

　気分は海の波のように一定に見えて、その実一定であった例《ためし》はない。陽に振れ、陰に振れしながら、揺れ動いている。あなたの心がどう振れたかなど、だれにも侵される領域ではなかろう。

わたしはわたしで、あなたの隅々まで知らずにいる権利だってあるのだから。いや、あなたに限って言えば知らなすぎる。一緒にいた時間などわたしの人生の列車の一駅ほどだろう。そして、一駅分のあなたで満ち足りている。

わたしはあなたに、もう一度会いたい。あなたに触れたい。あなたに見つめられたい。

そう思いながら、わたしは曾孫との面会後、お風呂に入れてもらってからは、介護ベッドに横になったままでいる。眠くて、とうてい目が開けられないのだ。

夕方からは昼間とは違う世話人さん、あの骨格がりっぱそうなカブトムシを思わせる丸みのある女性の声が聞こえた。何度もわたしの名前を呼び「ご飯ですよ」とか、「わかりますか、目を開けてください」などと言うので、面倒だったが力を振り絞って「開きません」と応えた。

世話人さんは、わたしの声を聞いて少しホッとしたのか、笑ったような吐息を漏らした。まあ眠たい時もあるわと言いながら、足音高く部屋を出て行った。

実際、目を開けようにも瞼が接着剤でくっつけられたように密着している。それでいい。この世で見るべきものは見てきた。もう見なくてもよいという心緒だった。

そうして日付が変わろうとする今、わたしはとても上手に逝くことができた。

ベッドに横たわっている肉体は、すでに形骸化された物体。とても薄っぺらで、タオルケットの下の盛り上がりがほとんど見られない。小伊藤山で、大量に転がっていて避けて過ぎようとしたそれと同じ。それから抜け出したわたしはもはやわたしではないかもしれない。そもそもわたしが、今までずっと同じわたしであったかどうかさえ疑わしい。
それでもやっと出口の見えない冥いトンネルから抜け出したわたしは、水になって土になって空気になって接続し、やっとあなたになる。歓びで満たされたわたしは、心の底から嬉しくて、自然と笑いがこみ上げてくるのだった。

参考資料
『あの日、八幡に何が起こったか』平野塾、M-Design 編
「未来に残す　戦争の記憶」（福岡県）
https://wararchive.yahoo.co.jp/airraid/detail/20_3/

１５５号（２０２４年）

福岡県　胡壷・KOKO

緑の手綱

雨宮浩二

この森は四六時中、深い霧に覆われている。よく晴れた日には、いくぶん霧が晴れることもあるが、そんなときでも視界は百メートルにも満たないだろう。だからこの森は、私がどれほど探し歩いても、一向にその正体をあらわすことはなかった。きっと、この森には風が必要なのだと思う。風が吹けば、このまっしろな霧が運び去られ、森がその正体をあらわすはずだ。でももし、この霧そのものが森の姿だとしたら、霧の消え去った見通しのよい森は、ただの抜け殻にすぎなくなってしまうのかも知れない。

あの猟師が少年を殺した。この森に住む人はみな、そう考えていた。でも、当の私はそうじゃないと固く信じていて、「私はこの森にとって有害な鹿を駆除しただけで、そのこと、あの少年が死んだことは何も関係ない」と言い張っていた。

私がこの森にやってきたのは今から十年前のことだ。この森を管理する会社が募集した有害鳥獣駆除員に応募し、それまでの猟師としての実績を買われて、この職に就いた。仕事の内容は、常駐の森の管理人といったところで、森のほぼ中央にある管理小屋に住み込んで、倒木の片づけなどの雑務から、森に住む人たちの見回り、なかでも外部からの侵入者の取り締まりが主なものだった。私は毎日、猟銃を持ち、会社の制服であるオレンジ色のベストを着て森を見回り、会社のリストに載っていない動植物を駆除してまわった。人間は駆除するわけにはいかないので、この会社が発行している入居許可証を確認して、許可を受けていない者についてては森から追い出した。この職に就いてから私が評価されたのは、当初期待されていた狩猟の腕ではなくて、この人間の追い出しが、ほぼ完璧に近かったからだと聞いている。この十年で何百という人間が私に追われ、この森を出ていった。

ところが、ここ一、二年は、森への進入路が急速に整備されたせいか、これまで私が出会ったこともない人間や動物が絶え間なく森に侵入するようになり、私のなかには、なにか目には見えない、あるねじれのようなものが生じ始めていた。

「その鳥は、ドードーって言うんだ。もうずいぶん昔に絶滅した鳥だよ」

ある日、私が見回りの途中で見つけた不審な鳥らしき動物をどうしたものかと考えあぐねていると、突然、私の背後から声がした。振り向くと、そこには三角の麦わら帽子を被った痩せた少年が立っている。年齢は十歳ぐらいだろうか。おとぎ話に出てくる小人のような、その見慣れない風貌に私は身構えた。

「君、いったい、どこから入ってきたんだ?」

「まあいいじゃない、そんなことは。僕はたまたまここを通りかかっただけで、すぐに出て行くつもりさ」

少年は棒立ちで突っ立ったまま、私の方ではなく、ただ自分の真っすぐ前を向いて答えた。それでも、少年の「すぐに出て行く」という言葉に安心した私は、猟銃を肩にかけ、彼の方に近づいていった。

「君、今この動物の名前を言っていたみたいだけど」

「ドードーって言うんだ。もう、ずいぶん昔に絶滅した鳥さ」

「絶滅？　でも、その鳥、今ここにいるよね」

「じゃあ、絶滅してなかったってことでいいじゃん」

私は不審に思い、少年の顔をのぞき込んだ。しかし、少年は麦わら帽子を深々と被っていて、その表情を見ることはできない。しばらく沈黙が続く。

「ねえ、おじさん。その鳥を殺すつもりかい？」

沈黙を破って少年が問いかけてきた。

「あ、ああ。もちろん駆除するよ。この森はロドスという会社が管理しているんだ。この鳥はその会社のリストに載っていないからね」

私がいかにも平静を装って答えると、少年は小さくため息をつき、ぽつりと言った。

「おじさん、つまらないね」

私は眉をしかめて体を屈めると、麦わら帽子で隠れた少年の顔を下から睨みつけた。少年は半閉じの目を真っすぐ前に保ったまま、私と目を合わそうとしない。

「その鳥はこの森には生育しない果物しか食べないんだ。放っておいたってすぐに死ぬさ。それに人に危害を加えるような性質ではないことは、今あんたが見ているとおりだろ。そんな性質だから絶滅したんだぜ」

私には返す言葉がない。すると不意に、激しい怒りがこみ上がってきた。

「いいか、この森に入るには許可がいるんだ。つまり正当な理由なしには入れないということだ。お前やこの変てこな鳥が、この森の何の役に立つと言うんだ。分かったんなら、さっさとこの森から出ていくんだ」

私は上体を起こすと、少年の麦わら帽子に向かって怒鳴りつけた。すると少年は初めて顔を上げ、麦わら帽子の下からギロッと私を睨みつけた。私は何か言い返そうとしたが言葉が見つからない。少年はしばらく私を睨んでいたが、やがて痺れを切らしたように舌打ちをすると、私に背を向けて森の奥に向かって歩き始めてしまった。私は口にすべき言葉も見つからず、立ち去る少年のうしろ姿を、ぼう然と見つめるしかなかった。少年が森の霧のなかに消え去ると、私は思い出したようにドードーを探した。しかし、もうそこには、あの奇妙な鳥の姿はない。お婆さんが買い物にでも出かけるようなあの歩き方では、まだ遠くへは行っていないはずだが、私はそれ以上、ドードーを探すことはしなかった。

その晩、私は管理小屋に戻ると、夕食をとりながら会社の動植物リストを眺めていた。もちろんドードーなんて名前は、リストのどこを探しても見つからなかったが、私は別のなにかを探し出そうとリストを見続けていた。「じゃあ、絶滅してなかったってことでいいじゃん」。ふと、少年の言葉が私のあたまによみがえった。すると私は、少年に何か言いそびれたことがあるような気がしてきて、いや、そうではなく、聞きそびれたことがあるような気がしてきて、あわてて窓の外に目をやった。森はうす暗く、すでに夕闇に包まれ始めている。私は急いでベストを着ると、猟銃を肩にかけ懐中電灯を手にして小屋を出た。

夜の森は動物たちが支配する危険な世界だ。動物だけでなく、昼は息を潜めている、許可証を持たない、ならず者たちも夜の森で生活している。私は懐中電灯の明かりを頼りに、管理会社が見回りのために整備した舗装路を歩いて、昼間、少年に会った場所へと向かった。少年が森の奥に姿を消した、けもの道の入口までくると、夜霧のなかに、たき火らしい明かりが、ぼんやりと浮かび上がっているのに気がついた。私は懐中電灯を消し、足音を忍ばせながら、その明かりに近づいていった。すこし歩いたところで、私はある異変に気づいて立ち止まった。これまでに見たこともない異様なかたちをした塊が目に入ってきたのだ。私は身を屈め、暗い夜霧のなかに目を凝らした。ゆらめくたき火に照らされて私の目に映ったのは、上半身が人間で下半身が四つ足の、半獣半人の生き物がうずくまっている姿だった。私は思わず後ずさりした。そのとき、さがった足が枯れ枝を踏んでしまい、暗闇の中に枝の折れる音が響いた。すぐに、うずくまっていた人間の上半身がこちらを向いたかと思うと、四つ足の下半身が凄まじい速さで立ち上がった。私はその勢いに押し倒されるように、その場に尻もちをついて動けなくなってしまった。

しかしよく見ると、そこにあったのは、半裸の人間が警戒姿勢をとる鹿の首に抱きついている姿だった。しかもその雌鹿に抱きついているのは、あの少年のようだ。私は拍子抜けして、からだのちからが抜けていくのを感じた。

すると同時に、まるで母親にでもすがるように、雌鹿に抱きついているその少年の姿が、なぜかとても腹立たしいものに感じられてきた。私は大きなため息をついて立ち上がると、肩に掛けた猟銃を両手に持ちかえて、ゆっくりと少年の方へ歩いていった。

「まだ出ていってないのか？」

私が声をかけても、少年はきょとんとしたまま何も答えない。顔の形や体つきは昼間に会った少年に間違いないのだが、雰囲気はまるで別人のようだ。それに少年はあの麦わら帽子も被っていなければ、服さえろくに着ていない。首をかしげるようにしてこちらを見つめる少年の表情には、昼間の精悍さはなく、ただ弱々しい理性が感じられるだけで、何か重大なものが欠落しているように見えた。

「もしかして君、喋れないのか？」

そう言って私が少年に触れようとしたときだ。傍らにいた鹿が前脚で地面を踏み鳴らして私の前に立ちはだかった。私は思わずからだをすくめた。それはきっと叱られた子どものような姿だったに違いない。煮え切らなかった私の苛立ちが一気に噴き出した。私は猟銃を構えて一歩踏み出すと、銃の先で少年と鹿の間に割って入り、彼らを引き離そうとした。しかし少年は鹿に抱きついたまま離れようとしない。

「さっさとこっちに来ないか、お前は人間なんだぞ」

私は猟銃の先をさらに強く押し込んだ。すると驚いたことに、少年はまるで玩具でもどかすように猟銃の銃身を握りしめた。私は呆気にとられてその場に立ちすくむと、不覚にも猟銃を少年に取られてしまった。少年は銃身を握ったまま首をかしげ、じっと私を見つめている。その思考の読み取れない少年の無垢な視線は、一見、薄っぺらに見えるその単純な表情とは裏腹に、なにかとても力強いものに感じられた。そしてそれは、私のなかにある何かを揺さぶり、私はその居心地の悪さに落ち着きを失い始めた。

「何をする。はやく銃を返せ」

私は声を荒げて猟銃を引っ張った。しかし少年のちからは私の想像をはるかに超えていてびくともしない。私がむきになって、少年ともみ合っていると、ふと、なにかで照らされているような視線を感じた。顔を上げると、ゆらめくたき火の明かりを受け、黒く潤んだ鹿の眼がこちらに向けられている。お前には関係のないことだ、と私は鹿を睨み返した。それでも鹿は瞬きひとつせず、首を真っすぐにして、私から視線を逸らそうとしない。

そうか、なにもかもこの鹿のせいだ。私はそう思った。私は鹿の方に向き直ると、その鹿と正対した。

「お前は、なにを恐れている」

そのとき、私の耳にそんな声が聞こえた。それは確かに目の前の鹿が発した声のようだった。私は後ずさりして猟銃を構えた。

「なにを逃げ回っている」

私は追い詰められていると感じた。鼓動が高鳴り、早くその場から逃げ出したくなった。黒く澄んだ鹿の眼は、依然としてこちらに向けられたままだ。

殺すしかない。つぎに鹿が瞬きをした瞬間、私は猟銃の引き金を引いていた。無機的で乾いた銃声が夜の森に響き渡り、撃たれた鹿がたき火の上にくずれ落ちた。たき火が消され、あたりが闇に包まれる。私の目の前の闇には、倒れていく鹿をぼう然と見つめる少年の顔が残像となって漂っている。私は自分の手が震えていることに気がついた。これまで数え切れないほど動物を駆除してきたが、手が震えたことなど一度もなかった。私は何もかも忘れ、逃げるようにしてその場から立ち去った。銃声に興奮したのか、森のあちこちで獣たちが奇声を上げている。それはまるで、私をあざ笑い、ひやかしているようにも聞こえた。

それから三日後のことだ。夕方、森の住民のひとりが私を訪ねてきた。彼は小雨が降っているのに傘もささずに管理小屋の戸口に立ったまま私を睨みつけた。その視線からは怒りとも、そしてそれを通り越した憎しみともとれる感情が露わに伝わってきた。私がいぶかしがって彼に声をかけようとすると、それを遮って彼の口が動いた。

「少年が死んだぞ」

私は一瞬、頭が真っ白になった。

「自殺したんだよ」

そんなはずはない。あんなに幼い少年が自殺なんかするものか。私は言葉を探したが、なにも見つからない。

「その少年の死と私とは何の関係もない」

私はただこう言うだけで精一杯だった。

遺骸の処理も管理人の仕事だ。私は翌朝早く、住民から聞いた雑木林に向かった。早朝の森は、どんなときでもその美しさを失わない。澄んだ空気に鳥の声が響き、苔むした巨樹の幹には朝の雫があちこちで輝きを放っている。私は目を閉じて鼻から大きく息を吸い込んだ。大地の匂いのする湿った空気が私のからだを満たしていく。

そのとき、私の背後で数羽のカラスがけたたましい音を立てて飛び立った。私が恐る恐る振り返ると、静かに漂う朝霧のなかに異様なシルエットが浮かび上がって見える。自然の力学からはありえない形で物体が木の枝にぶら下がっているのだ。私は息を荒げながら、その物体に近づいていった。

少年は首をつって死んでいた。少年のみずみずしかった肌は粘土のように艶を失い、片目はカラスにえぐられ、唇も剥がされて白い歯と赤紫色の歯茎が剥き出しになっている。それは誰が何のためにしたのかは分からないが、私には何かの見せしめのように感じられた。足もとには雌鹿が横たわっていて、そのたくましい首には、ビー玉ほどの弾痕が何かを入れてもらうのを待っているように赤黒い口を開けている。地面には少年が鹿を引きずってきたのだろう、草が倒れ、土がめくれ上がった跡が、一本の線となって霧の彼方へと続いている。

私はふたつの遺体を森の南側にある墓地まで運ぶと、クスの大木をひとつ選び、その根もとに埋めた。埋葬しながら私は考えた。私が会いたいと思ったあの麦わら帽子の少年と、今ここに眠る少年は果たして同じ少年なのだろうか。そして自分の耳に聞こえたあの声は、いったい誰の声だったのだろうか。埋葬が終わると、私のなかに何か得体の知れない怒りの塊のようなものが宿った。そしてそれから、この森には地震が起こるようになった。

地震が起こるようになると、森にある異変が生じ始めた。森から侵入者の姿がなくなったのだ。私は見回りコースを隈なく歩いて侵入者を探してみたが、ひとりの侵入者も見つけることができなかった。森の住民たちはみな、「地震は少年の祟りだ」「あの猟師が少年を殺したんだ」と口々に言い、私を避けるようになっていて、いくら見回りをしても、森はいつも死んだように静まり返っていた。

そんなある日、私は森の中心にある湖のほとりで、これまでに見たこともない大きな蹄の跡を見つけた。大きさから判断すると、この森には生息しないヘラジカのもののようだ。足跡は、舗装された見回りコースを外れて、けもの道へと続いている。けもの道に入ることは、どんなに熟練した管理人でも、この深い霧で道を見失う危険性があるため、管理会社から禁止されていたのだが、その日はいつになく霧が浅かったこともあり、私はけもの道に入ってヘラジカを追うことにした。ところどころ途切れている足跡を見失わないよう注意しながら、どれほど歩いただろうか、突然、視界が明るくなり、目の前に広大な向日葵畑があらわれた。こんなところに向日葵畑があったかと記憶をたどっていると、その奥に人の影があるのに気がついた。私は猟銃を手に持ち替えると、その人影に近づいていった。そこには、白いブラウスに水色の長いスカートをはいて、あわい橙色のエプロンをつけた、私と同じ三十代ぐらいの女性が立っていた。頭には、つばの大きな麦わら帽子を被っていて、その麦わら帽子からは長い黒髪がのぞいている。足はサンダル履きで、どう見ても、この森の厳しい自然に対して全く備えのない不釣り合いな格好だ。それでも、そんな服装が周囲に馴染んで見えるのは、この向日葵畑には、かすかではあるけれど風があり、その風が霧を運び去って、太陽の日差しが向日葵のうえに燦々と注がれていたからかも知れない。

「私はこの森を管理している者ですが、許可証をお持ちですか？」

私が問いかけているのに彼女は何も答えず、井戸のところで何やら作業を続けている。私が再び声を張り上げて尋ねると、彼女はやれやれといったようすで手を休め、私の方を向いた。

「シュードさん、これまであなたが気づかなかっただけで、私はずっとここに住んでいるの。私はあなたを知っているわよ」

彼女は少し得意そうに、そして嬉しそうに言った。私は一瞬、何と答えていいのか分からなくなったが、あわてて、なら許可証を確認させて下さい、と尋ねた。すると、その言葉が聞こえないのか、彼女は、私の名前はフリアよ、と言ったきり、また作業を始めてしまった。私が眉をしかめて、彼女に近づこうとしたとき、頭のてっぺんの方向から、抑揚のない、しかし、力強い声がした。

「何かあったのか、シュード君」

その聞き慣れた声に、ギクリとして振り返ると、そこには、大きな黒い馬に跨り、皺ひとつない黒いスーツを着た紳士が、私を見下ろしていた。

「ロドスさん。今日は林業地区の見回りなのです」

不意を突かれた私は、見られてはいけない弱みを隠すかのように、無意味な笑顔で中立的な言葉を返した。

「彼女は私が許可している。問題はない。それより明日の朝、私の家に来てくれないか。話したいことがある」

彼はにこりともせずにそう言うと、私の答えを待たずに、あざやかな緑色に染められた馬の手綱を静かに返した。巨大な馬のからだが私の目の前でゆっくりと反転し、黒い光沢を放った馬の腿の筋肉が歩くたびに規則正しく収縮しているのが分かった。私はしばらく、霧のなかに消えていく馬のうしろ姿を眺めていた。ぼう然と馬の姿に見とれていた私が、我に返って彼女を探すと、彼女の姿はすでに消えていた。

いつもこうだ。私は腹立たしく考える。ロドスは、この森の管理会社の社長で、私の知る限り、これまでに会ったことのないほど完璧な人間だった。完璧というのは、彼には理想と現実の世界を引き裂いている感情というものがおおよそないようで、有言実行、また何より悩んでいるところを見たことがないのだ。彼にとっては、何事にも必ず明瞭な答えがあり、その方向に努力さえすれば期待した結果が掴めるかのようだった。そして彼はまた、それを実現するための強い意志を持ち合わせているように見えた。

彼のもとで働き始めたころ、私はそんな彼に心酔していた。何かにつけて彼の判断を仰ぎ的確に実行した。やがてロドスも私の正確な仕事ぶりを評価し、この森の管理を私に一任するようになった。そのとき、彼から一着のベストを贈られた。このベストは猟師同士の誤射を防ぐための派手なオレンジ色で、猟師が一人しかいないこの森では、少し浮いた感じもあったが、それでも、それは私に大きな自信を与えてくれたし、森の住民もみな、私を正式な管理人として認めてくれているようだった。しかし仕事に慣れ、自分で判断しても結果が出るようになってからは、私はロドスといると、なにか落ち着かなさを感じるようになった。その頃には、彼と話をしていると、彼の抑揚のない声を聞き、すべてを見透かしているような瞬きひとつしない視線を感じると、尊敬というより、むしろ急き立てられているような、一種の強迫観念に襲われるようになっていた。そんな訳で私は、特に少年の事件が起こってからは、彼の目を避け、できるかぎり彼に会わないようにしていた。とはいっても彼は私の雇い主だ。どうしたって逃げ回ってばかりいるわけにはいかない。

翌朝、私はいつもより早く目覚めると、時間をかけて身支度を整え、ロドスの家へと向かった。ロドスの家は、この森でたったひとつの丘の上にあり、霧のためにはっきりと全貌が分かるわけではないが、そこは、この森を見渡せる唯一の場所だった。有名な建築家に設計させたというその邸宅は、巨大なコンクリート造りで、赤い流線型の屋根が目を引く。この建築物は幾何学的に描かれた美術品のような美しさを持っていて、彼の黒い大きな馬や、宮廷にでも出向くような服装と同様、この霧深い森にいかにも不釣り合いと想像させる建物だが、実際にそれを目の前にすると不思議と違和感がないのだ。これも彼の持つ完全性なのかと、私はいつも不思議に思う。私はロドスの家を訪ねるたびに、門のところで立ち止まって、しばらくこの建築物を眺めることにしていて、そして、もし理想というものがあり、それを形にしたらこんな形になるのだろうと想像した。均整のとれた静寂。不変で朽ちることのない形。いつものように私が、その美しさに見とれていると、ふと、これまで考えたこともない、ある考えが頭に浮かんだ。ここには生命が感じられない。私は何か重大な発見をしたときのように、大きくまばたきをして、もう一度、この巨大な建築物を眺めた。

「シュードさん。ロドス様がお待ちですよ」

どれぐらい門の前で立ち止まっていたのか、やはりしっかりと黒いスーツを着込んだ初老の使用人が建物から出てきて声をかけた。私はあわてて拍子の抜けた相槌を打つと、その邸宅に入っていった。

建物のなかは、外見の無機的な印象とは異なり、実に古風なつくりになっている。中世のヨーロッパを思わせるような、艶光りした木製の廊下や手入れの行き届いたアンティーク調の家具の数々。天井は高く吹き抜け、宙に浮いたシャンデリアが、空気のゆらぎを受けて微細な輝きを放っている。その光景は、なぜか私に人間の内臓を連想させた。あの外見の幾何学的な美しさとは裏腹の、グロテスクな内臓を。ロドスの家について、こんなことを考えたのは初めてのことだった。

使用人に案内されロドスの部屋に入ると、彼は手にした書類からゆっくりと目を上げて私の方を見た。

「まあ、そう硬くならず座りたまえ。葡萄酒でも飲むかね」

「いえ、これから見回りがありますので」

私は、よく手入れされた皮張りのソファーに腰かけながら答えた。

「そうか、それでは手っ取り早く話を済ませることにしよう」

そう言うとロドスは、小さなテーブルをはさんで私の前に座った。そしてゆっくりと私の方へ上体を倒して、膝の上に肘を載せると、指を組みながら私に顔を近づけて言った。

「最近、この森に地震が頻繁に起こっているだろう。何か心あたりはあるかね」

一瞬、私は顔をこわばらせたが、なんとか平静を保って、いえ存じません、とだけ答えた。

そうか。ロドスは、ちらと私を見て、まあそんな嘘はどうでもいい、と言うように上体を起こすと、今度は正面から私を見据えて言った。

「近頃、私と反対の立場のものたちが、この森を動かしているようだ」

「森を動かす？　どういうことです？」

「この森の秩序を乱すということだ。私がお前をコントロールしきれないように、我々だけでは、この森の大地までは管理できないということだ」

大地を管理？　ロドスの口から次々に発せられる聞き慣れない言葉に私は混乱し始めた。

それを察したロドスは、立ち上がって自分の机の方に戻りながら、「まあ、いずれ分かるだろう」と言った。これは、もう話は終わりだというロドスのいつもの合図なのだが、私は気になっていたことがあったので、彼の背中越しに続けて尋ねた。

「昨日の女性も何か関係があるのですか？」

ロドスが少し驚いたように私の方に振り返った。

「いや、彼女はこちらの側の人間だ。君は彼女のことを知っているのかね？」

曖昧に答えを濁そうとする私を制するように、ロドスは手のひらをこちらに向けて言った。

「さあ、今日はこれぐらいで帰ってよろしい」

なにも腑に落ちないまま、私は彼の部屋を出た。使用人に見送られながらロドスの邸宅を後にすると、私はその足で彼女の家を訪ねることにした。

昨日の記憶を頼りに見回りコースを歩いて行くと、またあの大きな蹄の跡を見つけた。それは昨日とは違う新しい足跡だった。そしてその足跡を追って、けもの道に入っていくと、やはり彼女の向日葵畑にたどり着いた。彼女は昨日と同じ井戸がある場所で、昨日と同じ服装で、昨日と同じ作業をしていた。私が声をかけると、彼女は手を休めて私の方を見た。

「昨日は失礼しました。私はこれまで十年もこの森を管理しているのですが、あなたに会ったのは初めてだったので、つい失礼なことを言いまして」

「私、そんなこと気にしないから、大丈夫」

彼女はエプロンで手を拭きながら微笑んでいる。彼女の表情に私は少し勇気をもらって尋ねた。

「ロドスさんがあなたのことよく知っているようだったけど、知り合いなのですか」

「知り合いといえば知り合いね。とっても古い知り合い。でもあの人とはあまり気が合わないの。それにしても、この森がいくら霧深いといっても、十年もいて私たちが全く会わなかったとは、奇跡に近いわね」

そう言いながら彼女は家のドアを開け、どうぞ、と私をうながして部屋のなかに入っていった。彼女の家は、白樺でつくられた小さな丸太小屋で、木目のそろった白樺を丁寧に組んだその建物は、質素だけれども、とても清潔に保たれているようだった。部屋の隅々まで目が行き届いていて、そう貧しい感じはしないのに、清貧という言葉が私の頭に浮かんだ。彼女は、木製のダイニングテーブルに私を案内すると、冷たいレモンティーをいれてくれた。私は彼女を見ながら、しばらく黙っていたが、思い出したように先ほどの話の続きを始めた。

「でも、本当にそうなんです。十年もいて私はこの森のことをまだあまり分かっていない。管理人なのに、管理しているのかどうかすら時々分からなくなるんです」

無理もないわ、と彼女が微笑んだ。それは吸い込まれるような笑顔で、知らないうちに彼女の笑顔に見とれていた私は、あわてて思いつくままに質問した。

「ところで、昨日からあなたは何をつくっているのですか？」

「ここの向日葵から染料をとって染物をつくっているの」

そう言って彼女は、周囲にある折りたたまれた布のなかから、一枚を選び、私に手渡してくれた。それはあわい橙色で、鮮やかさはないが、心に染み込んでくるような優しい色だった。私は彼女に魅かれているんだと意識した。すると何か急に落ち着かなくなってきて、私は突如として、自虐的とも思える突飛な質問を口にした。

「それはそうと、昨日とそれから今日もヘラジカの足跡がこの向日葵畑に続いているのを見たんですが、ご存知ですか」

「エルクのこと？」

彼女が急に寂しそうな顔になった。私はしまったと思ったが、意地になって続けた。

「そう、エルクともいいますが、この森の林業にとって大変な脅威になりますので直ちに駆除しなければなりません」

「知らないわ」と彼女は私の言葉を遮った。

「そうですか」と私も言葉が続かない。

「まだヘラジカが近くにいるかも知れないので、見回りに戻らなければなりません。この近くにある湖からは、よくおかしな動物が侵入してくるんです」

やっと口にした私の言葉は、何とも情けないものだった。私は向日葵色の布をテーブルに戻すと、お茶の礼を言って彼女の家を出た。その日の見回りコースである湖に向かいながら、私はなんてつまらないことを言ってしまったのだろうと悔やんだ。


彼女を訪ねてから一週間後、私は見回りの途中で再び彼女の家を訪れた。立ち寄るには何か理由が必要だと思ったので、一週間考えた末、家にあった真新しい白いハンカチを彼女に染めてもらうことにした。

「もしよかったら、このハンカチを染めてもらえないかと思って」

彼女の家に入ると、私はさっそくハンカチを手渡した。

「誰かにプレゼントするの？」

「いや、これは自分で使うハンカチなんだ」

子どものようにむきになって答える私を見て、彼女は優しく微笑んだ。ちょうどそのとき、地中深くから、低いうなり声のような音が近づいてきたかと思うと、部屋の家具が小刻みに揺れ始めた。地震だ。このところ頻度が増えている。私は恐る恐る彼女の表情を窺ったが、彼女は「また地震ね」と言ったきり、何も気にしていないようすだ。私は意図的に話題を変えた。

「ちょっと派手だけど、このベストも君が染めている布と同じオレンジ色だよ」

そう言って、自分の着ているベストを両手でつまんで広げて見せた。

「ほんと、珍しい色のベストね。どこかで買ったの？」

私は得意になって早口で答える。

「これは、僕がこの森の管理を一任されたときにロドスさんが贈ってくれたベストなんだ」

ふうん。それは彼女にとって、あまり興味がないことのようだった。私は少し腹が立ったが、口に出せずに彼女の次の言葉を待った。お互いに沈黙。私は我慢できずに切り出した。

「そう言えば、地震について変なうわさがあるみたいだけど、全く根拠のないうわさだからね。聞いても信じちゃダメだよ」

「うわさって、もしかして、あの亡くなった少年のこと？」

私は驚いて彼女を見返した。

「知ってたの？」

「この森で知らない人はいないわ」

「それで、君はそのうわさを信じているの？」

「信じるも、信じないもないわ。だって真実ですもの」

えっ。私はとっさに身構えた。

「違うな。違うよ。何で君にそんなことが分かるのさ」

私の悪い癖だ。私は自分を守るために彼女の欠点を探し始めた。

「初めて会った時も、僕のことを昔から知っていたなんて言っていたけど、そんなことがあるはずがないじゃないか。そもそも君の言っていることは筋が通ってないよ」

それでも彼女はやさしい視線をゆっくりと私の方に向けて言った。

「いいえ。私はここであなたをずっと待っていたし、あなたも同じように私を待っていたのよ」

僕が君を待っていたって？　私は言葉を詰まらせ、何かを見つけ出そうと彼女の顔を凝視した。でも、何かつかめそうで、つかめないもどかしさだけが残る。彼女は見守るように、じっと私を見続けている。

いいや、そんな馬鹿げた話があるはずない。私は、この雲をつかむような彼女の話を否定し、もっと現実的で、つじつまの合う説明を考えた。

「それはちょっと違うな。いいかい。そもそもヘラジカは向日葵を目当てに、この森に入って来たんだ。ヘラジカにとって向日葵は貴重なエサだからね。そして、この森にヘラジカが入ってくれば、管理人の僕は当然、そいつを駆除しなければならないだろう。そうやってヘラジカを追っていれば、いつかはこの向日葵畑にたどり着くんだ。そして、この向日葵畑には、たまたま君が住んでいたというわけさ」

私はこう一気に言い終えると、勝ち誇ったように彼女の顔を見た。彼女は表情ひとつ変えずに私を見つめている。私が再び話し始めようとしたとき、でも、と彼女の口が動いた。

「でも、それを偶然と見るか、必然と見るかは、あなたしだいでしょう」

私は彼女のこの言葉で、自分がとてもつまらないことを言っているような気がしてきて、それ以上、話すことができなくなってしまった。

「ああ、僕、まだ見回りの途中だから」

私は早口でそう言うと、銃を取って再び霧深い森のなかへと戻っていった。

それは確かにどこかで感じたことのある感覚だった。本当は言うつもりはなかったのに、何かにとりつかれたように、勝手に自分の口をついて出ていく言葉への違和感。私は深い霧のなかを歩きながら、それが何であったかを思い出そうとした。しばらくすると、私の目の前を漂う霧のなかに、麦わら帽子の下から私を睨みつける、あの少年の視線が浮かび上がってきた。私は思わず立ち止まった。

それは人間の追い出しのときの感覚と同じだった。私は追い出しのとき、いつも理詰めで攻め立てて相手に反論する余地を与えないようにしていた。つじつまが合いさえすれば、一時的にしろ、私は自分の言葉に確信を持つことができて、その自信たっぷりの態度が相手を追い込んでいくのだった。なにしろ森のルールはこちら側にあったので、一方的に自分の正当性が主張でき、私は圧倒的な優越感に浸ることができたのだ。侵入者を前にすると、私は条件反射のように追い出しを繰り返し、どうしても止めることができなかった。しかし今考えると、それは同時に、何か息苦しい違和感のようなものも伴っていて、私が追い出しを繰り返すたびに、やがてその違和感は、私自身を追い立てる焦燥感のようなものに変質して、私のなかに蓄積されていたのだった。

気がつくと私は、その日の見回りコースである湖にたどり着き、目の前に広がる湖面を眺めていた。湖は今日も霧に覆われていて、その先を見通すことはできない。考えてみると、私はこれまで一度として、この湖の対岸というものを見たことがなかった。私の目に映るのはいつもまっしろな霧ばかりで、もし湖のまん中に小さな島が浮いていたとしても、私はその存在を知ることはできなかっただろう。

私は霧の漂う湖面を見つめながら、この霧のなかを泳いで渡るヘラジカの姿を想像した。ヘラジカは、誰に気づかれることもなく、ひっそりとこの岸にたどり着いたのだろう。私は湖岸に近づき、その場にしゃがむと、湖の水に手を浸した。水はひんやりとして、そして、ずしんと重い。きっとこの水は、私の知らない世界とつながっている。私はそう感じた。そしてそれは不思議と、私に安心感のようなものを与えてくれた。不意にフリアの顔が浮かび、私は彼女に会って、少年の事件について本当のことを話したいと思った。何が本当なのかは自分でも分からなかったが、すべてのことを彼女に話したいと思った。私は立ち上がり彼女のもとへと引き返した。

向日葵畑に着くと、すでに日が傾きかけていたからだろうか、さっきまでいた場所なのに、なぜか何年も経ったような、とてもなつかしい感じがした。隅の井戸に目をやると、彼女が染物を続けている。私は遠目からしばらく、彼女のようすを眺めていた。私から声をかけられるまで、彼女はとても寂しそうな表情をしている。いや、寂しいというより、無表情に近いのかも知れない。私が声をかけると、彼女の目に生気が宿った。そう言えば、初めて会った日も、次のときも、ひとりでいるときの彼女は、魂が抜けたように無表情だった。

「君、ひとりでいると何かとても寂しそうだ」

少年の事件のことばかり考えていた私にとって、自分が発したこの言葉は、私自身も予期しないものだった。彼女も驚いて私を見返したが、すぐに何かを思い出したように、いたずらっぽくあごを私の方に向けながら答えた。

「そうかしら。自分では分からないけど。でも、あなたにそう見えるのなら、きっとそれが本当なのね」

そして少し間をおいて、今度は私を真剣な顔で見据えて言った。

「でも、あなたも同じよ。ひとりでいるときは、いつもとても不安そうよ」

えっ、僕が不安そう？　私のなかで何かが分かりかけたのだが、それは引いていく波のように、すぐに私の手の届かないところへ去ってしまった。彼女は依然として私を見つめ続けている。私は何かを探し求めるように彼女に視線を注ぎ続けた。すると、急に時間が止まったようになり周囲が静寂に包まれ始めた。彼女が水槽の向こう側に存在しているような感覚に襲われ、私は彼女をぼんやりと見続けているのだが、私の意識は水槽の壁に跳ね返されて私自身のなかに戻ってくる。それと同時に、私のなかで彼女の声がした。そして私のなかで彼女との会話が始まったのだ。

「十年前、あなたがこの森にやってきてからずっと、私はここであなたを待っていたの」

「えっ、ずっと」

「そう、ずっとよ。でも、それはあなたのためでもあったの」

「僕のため？」

「私は私だけでは存在できないの。私はこんな生活をしているでしょ。だから現実に対して何の力も持たないのよ」

でも、と彼女は続ける。

「あなたの方は、現実に対してしか力を持たないの。だから、あなたには私が必要なの。あなたは、あなただけでは、いのちを全うできないのよ」

「いのちを全うする？」

「そう、私はいのちのことを話しているのよ。あなたに見つけ出されなければ、私は存在しないのと同じこと。あなたは私に現実で生きるかたちを与え、守ってくれる器なの。そしてあなたは私をなかに入れてはじめていのちを全うできるのよ」

しばらく静寂があたりを包んだ。

「そして何より、あなたが自分のいのちを全うすることが、この森のいのちを全うすることにつながっていくの」

彼女が存在するために、彼女にかたちを与える器。それが自分なのか。私は自問する。私が器だとすると、これまでその中には、いったい何が入っていたのか。私は更に自分の意識の靄のなかへと潜っていく。

何もない。なぜかそこには、逃げ回っているだけの自分の姿が浮かんだ。空っぽだ。そうだ、その器には何か正しいものを入れなければならなかったんだ。

私は我に返り、目の前に立っている彼女を見た。彼女はまだ私を見続け、そして私の返事をただひたすらに待っている。私はそのとき、雌鹿を撃った時に聞こえたあの声が、彼女の声であったのではないかと感じた。私は一度、彼女の懇願を殺してしまったのかも知れない。私は、冷たく湿った霧のなかで、ひとりぼっちで私を待ち続けてきた彼女を想像した。私は今、目の前で気丈に立ち続けている彼女のことを、この上なく愛おしく感じ、そして、胸が締めつけられる思いがした。私は彼女の方に歩み寄り、彼女を抱きしめようとした。彼女は私にからだを預けるようにして目を閉じた。ところがそのとき、突如として、どこからか声が聞こえてきた。

「本当にそれでいいのか？」

そのとき初めて気づいたのだが、その声はいつも私の耳元で何かをささやき、そして私を急き立てている声だったのだ。私はとっさに彼女を抱きしめようとした手を引っ込めた。そして瞬時に、自分にはそこまでの覚悟がないことを悟った。現実に対して何の力も持たないものを自分の中心に据える覚悟。

「現実はそんなに甘いものではない」

その声は私に烙印を押すように告げた。彼女は私の異変に気づいて、目を瞑ったまま、驚いたように眉をゆがめ、私の顔を見ようとしたが、途中でやめ、そのまま、うつむいてしまった。いつの間にか風が止んで、向日葵畑には霧が立ち込みはじめた。彼女は目を閉じたまま空を仰いだ。空を覆いはじめた白い霧の彼方に、かすかな日の光を感じながら、深い悲しみが彼女を貫いているようだった。彼女は強い意志でゆっくりと目を開け、壊れそうな微笑みを浮かべながら、私を見つめて言った。

「あなたは、あまりに多くのものを殺し過ぎたの。このままじゃ、この森が死んでしまうわ。自分のことじゃなく、もっと森のいのちのことを考えて」

そして瞬きひとつせずに震える声で続けた。

「あの少年や母鹿も、そしてエルクさえも、森が許さなければ、決してこの森には入っては来られなかったのよ。これまであなたが駆除してきた何百という動物たちや、追い払ってきた数々の人々も、そしてこの私さえも、森の許しがあったからこそ、ここにたどり着いたのよ」

　このオレを非難するのか。私はこの期に及んで、またしても自分を守ることを選んだ。過度な防御は反転して残酷な攻撃性を生む。私の彼女に対する憐れみが、一気に憎悪に変貌した。私は彼女を睨みつけた。彼女の方は、寂しそうに私を見続けている。私は何か言葉をぶつけたいのだが、彼女をののしる言葉を見つけたいのだが、見つからない。

「何だ、お前は」

　自分でも訳の分からない言葉をそう吐き捨てると、そのまま私は、彼女に背を向けて向日葵畑から出て行った。


　あいつに何が分かる。染物だと。あいつがのほほんと生活できているのも、このオレが必死になって外部からこの森を守っているからじゃないか。もう、いい。

　翌日、私は初めて見回りをさぼった。その日は、ここ数年で最も濃い霧が森を覆っていて、次の日も、またその次の日も、深い霧は晴れることはなかった。私は銃を持たず、お気に入りのベストも着ずに、ただひたすら森を歩き回った。もう外来生物も不審者も関係なく、私は、ただひたすらに歩き続けた。森のいのち。そもそも森って何なんだ。私の頭には、白い霧に覆われて、不明瞭で、ほんの数メートル先にある木々しか見えない光景が浮かんだ。管理だ、見回りだ、と言いながら、その中をさまよっているだけの自分。そして機械的に異物を排除するだけの自分…。

もしかすると、この森にとっては、私の方が異物なのか。森のいのちを考えることは、私自身をこの森から排除することなのか。私は立ち止り、恐ろしくなって考えるのを止めた。それから私はどれくらい森を、深い霧のなかを歩いたのだろう。気がつくと、これまでに見たことのない沢のほとりにたどり着いていた。周囲はうっそうとした原生林で、植生から判断すると、ずいぶん森の奥深くまで入ってしまったようだ。

「おい、そこのお若いの」

不意に頭上から私を呼ぶ声がした。私が顔を上げると、そこには白髪混じりで、髭ぼうぼうの四頭身ぐらいのじいさんが、苔むした大樹の枝に立ってこちらを見下ろしていた。じいさんの鼻は大きく垂れ下がっていて、それはいつか見た古い本の挿絵にあった、テングという神様を思い起こさせた。じいさんはひょいと枝から飛び降りると、手にしたずだ袋の中から、ごそごそと何かを探しながら私の方へ近寄ってきた。

「何をそんなにしけたツラをしとるんじゃ。そんな顔じゃ女も寄りつかんぞ」

そう言うとじいさんは、指の部分を切り取った汚れた手袋をつけた手で、むすびをひとつ差し出した。よっぽどあんたのうす汚さの方が女は寄りつかないぞ、と言いたかったのだが、そんな元気もなく、言われるがまま、私はそのむすびを受け取った。もう、まる二日、小屋にも戻らず森のなかを歩き回っていた。

「まあ、ここに座って、ちと休め」

じいさんはそのまま地べたに座ると、自分の隣を指差して言った。私は言われるがまま、じいさんの横に座ると、しげしげとそのじいさんを見た。見慣れない顔だ。

「わかっとるぞ。わかっとるぞ。お前の正体は。泣く子も黙る殺し屋シュードじゃろ」

私は黙ったまま、じいさんを見続けた。

「わかっとるぞ。許可証を見せろって言うんじゃろ。見せなきゃ猟銃でズドンか。じゃが、無駄じゃ。ワシは許可証なんぞ持ちゃせん。こんな森に興味はないわい。出て行けと言われりゃ、今すぐにだって出て行くぞ」

私は黙ったまま、ひと口むすびを頬張った。うまい。しっかりと握られた、そのまっしろなむすびは、腹が減っていたせいか、とにかくうまかった。

「どうだ。ワシのむすびはうまいじゃろ」

満足そうにじいさんが言った。私はむすびを頬張りながら、ただ頷くだけだ。

「水も飲むか？」

また、私は頷く。

「ようし、ひとっ走りしてくるか」

明らかに調子に乗ったと分かるじぃさんは、ひょいと立ち上がり、手桶を持って谷底へ下りて行った。しばらくしてじぃさんの激しい息づかいが近づいてくる。じぃさんが私の二、三メートル手前まで来たとき、私がじぃさんの行く手にある石を見て、その石に気をつけてと言おうとした瞬間、じぃさんの履いている高下駄の先がその石に引っかかり、その弾みで、じぃさんは大きく一回転して地面に尻もちをついてしまった。じぃさんの持っていた手桶は、あたりに水を撒き散らしながら私の手前に転がり落ちてきた。

「何しよるか、このクソ石めが」

じぃさんはそう怒鳴ると、両手で土をつかみ、何度も石に投げつけた。しばらく石をののしり続けたじぃさんは、疲れて私の横に腰を下ろし大きなため息をついて言った。

「この通りじゃ。バカ石に邪魔されたわい。水が飲みたきゃ自分で取ってきてくれ」

じぃさんは、私の隣で膝を抱え目を閉じてしまった。私は微笑みながら立ち上がり、手桶を拾って谷に向かった。するとすぐに、じぃさんが私を呼び止める声がした。

「おい、若いの。待ちなさい。ついでじゃ、わしにも水を汲んできてくれ」

そう言って、じいさんは手桶の数倍はある大きなバケツを差し出した。私はまた微笑んでバケツを受け取ると、水を汲みに谷に下りていった。

むすびと水はうまかった。本当にうまかった。じいさんは、バケツを受け取ると、もう私に用はないというように、はい、はい、どうも、どうも、と言って立ち上がり、そのまま原生林のなかへ歩き始めてしまった。数メートルほど歩いたところで、じいさんは振り返ると、「そうじゃ、お前さんの家は、あっちの方角じゃや。今の季節はオオカミがいるで気をつけろよ。丸腰の駆除員か。こりゃ情けないのぅ」と満足げに笑って去ってしまった。私はむすびを食べ終わるとゆっくりと立ち上がり、しばらく考えてから、じいさんの言う我が家の方に向かって歩き始めた。

どれぐらい歩いたのだろう、周囲の木々に西日が差し込み、こがね色の光が森のなかを照らしはじめた。霧に包まれた薄暗い森が、一日の終わりのほんのひとときだけ、まばゆい光に満たされていく。私がその幻想的な光景に見とれていると、ふと、周囲の空気が変わったのを感じた。振り向くと、西日を背に燃え上がる炎のような形をした巨大な影が、こちらを向いている。ヘラジカだ。からだに緊張が走る。逆光でその表情は分からないが、体高三メートルはある巨大なヘラジカが、こちらを見ている。私は反射的に猟銃を構えようと探したが、銃は小屋に置いたままだ。私は、ふーっと息を吐いてから、ゆっくりその巨大な影に向かって歩き始めた。警戒しているのか、その巨大な影はこちらを見つめたまま全く動こうとしない。私も自分が何をしようとしているのか分からぬまま、引き寄せられるようにその影に近づいていく。巨大だ。鼓動が高鳴り、死の恐怖を感じる。数メートルの距離まで近づくと、暗がりのなかに、ヘラジカの顔が浮かび上がったように見えた。あの雌鹿と同じ顔だ。瞬きひとつしない、毅然とした目がこちらに向けられている。私はただヘラジカを見上げるしかなかった。私はこのままヘラジカに殺されてもいいと思った。するとヘラジカは、何かを確かめるように、少しだけこちらに鼻を伸ばしてから、ゆっくり体の向きを変え、静かに森のなかへと消えてしまった。

翌日から、私は見回りを再開した。しばらくは、向日葵畑には寄らず、たまに遠くから彼女のようすを眺めるだけだ。彼女も私の気配を感じているが、自分から声をかけてくることはなかった。でも、彼女は私に見られていると意識しているときは、目に生気が戻った。私もそれを感じて、自分が彼女にまだ受け入れられていることを確認し、そして安心した。私はあの日以来、彼女を拒絶したことをずっと後悔していた。今でもそうだ。でもそれが、どうすることもできないことだということも私は知っていた。

じいさんとは、よく話をする。じいさんの名前はドリスというらしい。この森が気に入ったようで、相変わらず同じ場所にいて、相変わらず立場が悪くなると、すぐに森を出て行くぞ、と言う。一度、じいさんがおもしろい話をしてくれた。また、いつものでっち上げ話だろうと聞いていたのだが、この話だけは、なぜか忘れることができない。それはある日のこと、いつものように私がじいさんの隣に座って昼食のむすびを食べていると、ちなみに、このころになると、じいさんの分のむすびも私が作って持って行っていたのだが、話が雌鹿と自殺した少年のことにおよんだ時のことだ。深刻になっていく私のことはまったく意に介さず、じいさんは前歯の抜け落ちた笑い顔を私に向けながら、いつものように得意気に言った。

「そうじゃ、いいことを教えてやろう。こりゃワシが昔、ロドスから聞いた話じゃがな」

そう前置きすると、じいさんは国家機密でも漏らすかのように、誰もいないのに周囲を警戒してから、私の耳元に顔を近づけ、ひそひそ声になって話し始めた。

「この森で生活している人間は、みな成仏できとらん人間だそうじゃ」

「成仏?」

私はむすびを食べるのを止めて聞き返した。

「そうじゃ。何でもな、成仏したと森が認めれば、その人間は草木となってこの森の一部になるそうじゃ。だから今、この森で人間として存在しているということは、まだ成仏せず、この森に受け入れられていないちゅうことなんじゃ」

「ちょっと待ってよ。成仏するって死んだ人間のことだろう。オレはまだ死んでなんかないぜ。じいさんだって、現にこうして生きているじゃないか」

「そんなこと知るか。ロドスから聞いた話だ。ややこしいことはロドスに聞いてくれ」

そして、じいさんは勝ち誇ったように続けた。

「だがな、ワシはお前と違って神出鬼没じゃて、成仏もクソもないわ。用が済めば、とっととこの森を出て行くからのう。まあ、お前が成仏したいんなら、お手伝いを買って出てもいいがのう」

そう言うと、じいさんは私の手から食べかけのむすびをひょいとつまんで口に入れ、隙だらけじゃな、と言いながら、さっさと谷の方へ下りて行ってしまった。

落ち着いた日常の中で、私は表面的には平穏な生活を取り戻せたかのようだった。しかし、あの少年と雌鹿を埋葬してから、ずっと私のなかに宿っている得体の知れない怒りの塊のようなものは、日を追うごとに存在感を増し、私を苦しめ続けていた。平穏な生活には、そういう力があるのだ。得体の知れない何かが、少しずつ形になってきたことが分かる。

あのヘラジカを仕留めなければ、この問題は解決できない。いつからか、私の頭から、この考えが離れなくなっていた。私は毎日、ヘラジカを探しまわった。しかし、あの日以来、ヘラジカに会うこともなければ、ヘラジカの目撃情報さえ得ることができないでいた。

そんなある日、突然、フリアが私を訪ねてきた。彼女は寂しそうな顔をして、今、向日葵畑にエルクがいる、と言う。そしてそのことを告げると、彼女はかすかに微笑み、またもとの寂しそうな顔に戻って、すっと部屋を出て行ってしまった。私はすぐに猟銃を持ち、ベストを着て向日葵畑に向かった。

驚いたことに向日葵畑は、ここ数日のうちにだいぶ広がっていて、森の中心部の湖の近くまで達していた。広大な向日葵畑を見渡すと、彼方にある向日葵からヘラジカの角が大きくはみ出しているのが目に入った。その向こうには湖があり、しかも向日葵畑の奥はロドスの丘へと続く崖で遮られている。うまく追い込めば、ヘラジカは湖に入り、たやすく仕留めることができる。私は追われたヘラジカの進路を想定して、ヘラジカが湖に向かうよう、崖とヘラジカの対角線上に移動してから、空に向かって発砲した。驚いたヘラジカは、私の考えた通りのコースをたどって逃げ出した。私は更にヘラジカの動きに合わせて移動し、タイミングを計ってもう一度発砲した。ヘラジカは私の計算通り湖に入った。私は急いで湖畔まで走り、大型動物用の弾を込めてヘラジカに銃口を向けた。ヘラジカは必死になって湖を泳いでいく。でもそれは、泳ぐというより水の中でもがいているだけで、仕留めるのはたやすいことだ。私はスコープを覗いてヘラジカの頭に照準を合わせ引き金に指をかけた。ヘラジカは下あごを水面から突き出し、失敗したという顔をして、目を血走らせながら泳いでいる。

何て遅いんだ。何て滑稽な姿なんだ。

そのとき、私は足もとに強い揺れを感じた。地震か？　私は猟銃から顔を離すと周囲の木々に目をやった。木々の枝は静止したままだ。錯覚だったのか。あらためてスコープを覗いたとき、私のなかで何かが変わっていた。目をむいて必死に逃げるヘラジカには、期待していた威厳も何もありはしなかった。そこにはただ必死のいのちがあるだけだった。

もう、いいだろう。

肩から力が抜け、私は猟銃を地面に落とした。目をむき滑稽なほどに必死にもがく姿は、まぎれもなく自分自身の姿だと分かったのだ。

私は、いったい何から逃げようとしているんだ？　私は湖を泳いでいくヘラジカのうしろ姿を見つめながら考えた。巨大で毅然としたヘラジカの、すべてを見透かしているようなあの視線。まばたきひとつしない、あの雌鹿の視線。

私を審判するような、あの揺らぐことのないまなざし。

ああ。私は思わず声を上げた。そのとき、やっと私にはそれが何であったかが分かった。

翌日、まだ日も昇らないうちに私は目を覚ました。朝食の支度をしようとテーブルを見ると、見慣れないハンカチが置いてある。それは昨日、エルクのことを伝えに来たフリアが置いていったもので、いつか私が染色を頼んだハンカチだ。私は朝食を済ませると、夜が明けるのを待って彼女の小屋に向かった。しかし、向日葵畑に彼女の姿はなく、白樺の丸太小屋さえ見当たらない。

誰もいない向日葵畑を見ながら私は考える。これから向日葵は自生を始めるのだろう。私は初めて、この森に同化したいと願った。そして、初めてこの森のいのちのことを考えた。でも、私がこの森に同化するためには、彼女のように、まだ苦しみ抜かなければならない。誰もいない向日葵畑を、かすかな風が渡っていく。ここに来れば、いつでも彼女に会える。そして話ができる。

数日後、湖のほとりを見回る私の目に、大きな黒い影が入ってきた。あのヘラジカだ。ヘラジカの隣には人影もある。私はその人影の方へと近づいていった。私はもう猟銃も持っていなければ、あのちぐはぐなベストも着ていない。

「私はこの森の管理人で、シュードと言います」

私は手を差し出し、その男と握手した。

「私はクリート。隣の森から来た建築家です。見事なヘラジカを見つけたので追ってきたら、この森にたどり着きました」

ヘラジカは静かに私を見つめている。

「もしこの森に住もうとお考えでしたら、丘の上の管理会社で許可証を発行していますので、申請してください」

「このヘラジカも一緒にいられますか？」

「それは私には分かりません。でも、一度その会社の社長であるロドスに相談したら、何かいい方法があるかも知れません」

「ご親切にありがとうございます」

「それでは、私は見回りがありますので」

そう言って、私は首の汗をハンカチでぬぐい、ズボンのポケットにしまうと、再び深い霧の立ち込める森の奥へと歩き出した。

13号（２０１７年）

福岡県　照葉樹　二期

順平記　その一「つばき」

水木　怜

順平がその家を見つけたのは偶然のことだ。いつものようにカメラをぶらさげ日吉神社の鳥居をくぐり参道の石段をのぼる。両脇のシャリンバイの低木に正月の参拝客が結んだ御くじがそのままに花のように群がっていた。冬の白い日差しに自分の影が石段を薄く染めている。今日は風もなくダウンコートの背中が少し汗ばむほどの陽気だった。石段をのぼり詰めた境内は昼下がりのこの時間に人影はなく、いつもの癖で手水舎に自然と目が行くがシロは見えない。表面に少しばかり光を写し、たゆたった水が冷たさを偲ばせて静けさのなかに佇んでいた。

シロとは昨年、夏の盛りにここで出会ったのだ。順平を見つけて瞬きをするように目を細め、にゃぉと小さな声で鳴いた。いかにも何やら救いを求めるような少し甘えた声だった。人に馴れているのか近づいても逃げようとはしない。手水舎を見て、ははん、と思った。いつもは浄水と彫った石をくり抜いた形の手水鉢には水が満面と溢れているが、今日は水が枯れて一滴も溜まっていない。おそらく自然に付着してしまう水垢の掃除でもしたのか端にある石蓋が外され水が全部落とされていた。この子は喉が渇いているのだ。この手水舎は茅葺きの屋根にセンサーがついており人影を察知すると中央に設えた水口から放物線を描いて水が落ちてくるようになっている。しかし、小さなシロではセンサーは察知してはくれなかったようだ。

「待ってな」声をかけながら順平は杓子を持つとセンサーの部分に近づけた。やがて滴り落ちてくる水を杓子で掬ってシロの口元に持って行ってやると、ためらいもせず素直にピンクの舌をチロチロと見せながら飲んだ。よほど、喉が渇いていたのだろう、きれい好きなのか、口元を濡らさないように器用に舌先で巻き込むように水を飲む。これほど人に懐く様子を見れば飼い猫なのかも知れない。ほどよく丸みが付いて何より背中から尻尾にかけての真っ白な毛並みはふさふさと見惚れるほどだった。順平は片手でカメラを構えると無心に水を飲むシロに向けて何度もシャッターを押した。そのときの写真が市のフォトコンテストで見事金賞を得たことからシロとのぬきさしならぬ付き合いが始まったのだった。

シロはどこに住んでいるのか、はたまたノラなのか、順平は知らない。だが、さして痩せてもいず、おっとりとした性格からして野性味は感じられない。順平は家からは歩いて三十分ほどのこの神社に運動不足の解消も兼ねて週に一度はカメラを携えやってくるが、運がよければここでシロに会えた。シロという名前は順平が勝手に付けただけで本当は別の名前があるのかも、あるいはないのかもそれも分からないが「シロ」と呼ぶとにゃぁおと小さな声で返事をした。

神社の境内の右手は雑木林となり緩い傾斜の丘からやがて下りになっており、地面は幾層にもなる落葉でやわらかな絨毯を踏むようだ。見上げると、今の時期、すっかり裸になった桜や楓の古木に檜や楠といった樹齢何百年も経つような常緑樹が鬱蒼と茂っている。途中辺りにブルーシートで囲まれたホームレスたちの家が数軒見え隠れし、結構奥が深くそこから先はどこに続いているのか順平はまだ行ったことはない。やがてはどこかの道筋に下りると思われるが、ここまで踏み込んだのは初めてのことだった。今日は何の収穫もなく、葉陰が織りなす影模様は異色な生物が存在するか、はたまた格好な被写体が隠れているようなそんな気がしたのと、何やらシロに出会えるような予感が順平をここまで迷い込ませたのかもしれない。やがて丘はなだらかな下降線を辿り細い獣道を辿って行くと順平の推測通り小さな路地に出た。その瞬間、順平は思わず、おぅ！　と嘆息した。降り立った路地の正面は洋館立ての古い土壁であり、茶色い土壁の上から順平の大好きな藪椿が一面に咲き乱れていたのだ。朽ちかけた土塀の下は数日前に降った雪が少し残っており、現れた春泥は見事な紅の色で埋めつくされていた。何とその土塀の瓦にシロがねそべっていた。冬陽に温まった瓦がいかにも心地よいのか前足の片方をだらりと下に下げて尻尾だけが潜水艦の潜望鏡のようにときおり廻りを見渡すかのごとくくるりんと動く。思わず夢中でシャッターを切っていたときだ。突然声がした。

「何ば写しよんなさると？」

丸く柔らかな声だった。順平はそのとき地面にしゃがみ込んで仰ぎ見るようにシロと藪椿を撮っていたのだが、思わず悪さを見つかった子どものように慌てて立ち上がり声の主を振り返ると順平の胸ほどの丈もない老女が手に竹箒を引きづり立っていた。

「あっ、どうもすみません。いえ、あんまり見事な藪椿なんでつい勝手に写真を撮らせてもらってました」

「あぁ、そうですか」

白髪を後ろで一つ結びにした老女の頬が緩むと目尻から深い皺が顎まで食い込んだ。だが、なんともそこはかとなく品があり、また、あどけない童女のように見えるのは、おそらく歯がないせいだ。笑った口元に舌が丸まって見えた。

「それにシロがいたもんで」

「シロ？」

「あっ、この猫です。よく日吉神社の境内で会うんで勝手にシロと」

「これは、うちの猫ですとよ、名前は、ゆき」

「ゆきだったんですか。すみません、勝手に名前を付けて呼んでました」

老女が口元に手をやり笑う。

「いいえ、あなた、いいんですのよ。この子はようおらんごとなるとじゃが、お日吉さんまで行っておりましたか。ゆきはいつだったか雪の日にうちの庭に投げ込まれて捨てられておりましたのよ。それはまだ目も見えない産まれたての子猫でしたの。朝がた、みゃぁみゃぁ鳴く声がするもんで庭に出てみたら三匹ばかし、段ボールに入れてですの。塀の中に投げ込んでおったとですとよ」

「三匹も」

「そう。そのうち二匹はもう死んでおりました。こん子だけが死んだ子たちの下に潜り込んで生きとりまして、たぶん、兄弟たちの温もりで助かったとでしょうね。それを思うと不憫で私は何とか助けてやりたかと思うてですねぇ、薄めた牛乳ば少し温めて注射器を使うて飲ましてやりましたが、運の強か子でした。なんとか育ってそのまま居着きよりました」

のどかな昔話を聴いているような抑揚が、順平をなにやら懐かしい子どもの世界へといざなう。そうだ、似ているのだ。死んだばあちゃんに。そんなことを言ったら順平の祖母が怒るかもしれない。彼女は総入れ歯だったが毅然とした女性で、八十歳で死ぬまで順平は歯のない祖母の顔を見たことはない。

「そうなんですか。でもよく注射器とかありましたねぇ」

「それが、うちは代々医者なもので物置の中には今も山と積んでありますのよ。昔の注射器はみんなガラスでできちょりましてね、煮沸消毒して使いよりましたから、使い古しは処分に困って裏庭に穴を掘って埋めておりましたんですよ。ゆきに使うた注射器いうんは実は浣腸用の太いやつでした。うちにはそげぇな昔の新品のままいつまでも捨てきらんもんがまだまだあるとです」

ああそうか、と思った。どことなく品があるこの老女はおそらく医者の妻で、こじんまりとはしているがこの一風、格式がありそうな家の造りは昔は医院だったのかもしれない。

順平の自然に出た質問に老女が少し遠いところを見るような目をして頷く。

「うちは祖父の代から医者の家系で父は九十歳まで医者をしとりましたが一九六四年に死んでしまいましての、継ぐものがいなくなって、この家も私の代で終わりになりますと」

何だか聞いたことがあるような年号だと、ふと思ったが、と、いうことはこの人が医者の妻ではなく医者の家庭に育ったということなのか。祖母が生きていた頃ならばこの医院のことを知っていたかもしれない。

「失礼ですが、名前は…」

「どこにでもある名前ですと。中村内科医院やが。でも誰もそげんは言うちゃらんで、患者さんはみんな椿病院て呼びよんしゃったですよ」

順平は合点が行ったということを老女に分かってもらおうと大きく頷く。

「その方が分かりやすいですね。ほんとうにたくさんの椿だ」

老女がまた口に手をあて、ほっほほと小さく笑う。

「椿はもともと私の母親の好きな花で父と母はそりゃ仲の良うて暇さえあれば山歩きして山の椿の枝ば取ってきちゃぁ、愛情込めて次々と植えて行ったとですよ。今は父も母も死んでしもうて、気がついたら私に残されたもんはこの家と椿だけになりましたの」

「じゃぁ、失礼ですが、おばあちゃんお独りでここに?」

「いいえぇ、姉がおんしゃりますと」

「お姉さん」

「よっぽど、機嫌のいいときしか部屋からは出てきません。もう、歳やけんですね」

この老女のお姉さんなら九十歳は悠に越えていても不思議ではない。話しながら塀越しに庭を見る。庭はかなり奥行きがあり、一面の椿が地面に陰を作り苔むした庭石を紅に染めていた。

椿の陰にレンガ色の屋根が見える。家の周囲は枯れた茅に囲まれ鬱蒼とした様相だ。

「良ければ、庭、見せていただけませんか」

順平は首から下げたカメラを手に撮り、写したいという意味で少し掲げるポーズをした。

「庭ですな、よかですよ。なんぼでん撮りんしゃって」

順平が老女に続き木戸をくぐると、今まで塀の上で寝そべっていたシロ、いや、ゆきがのっそりと起き上がり音もなく地面に降り立つと順平たちを先導するかのように歩き始めた。順平は老女が引きずる竹箒が気になっていた。

「何か、用事があったんではないですか？」

竹箒を指差した。

「ああ、塀の瓦に落ちた椿を地面に落としとかんとですね」

「……」

「瓦に詰まってそこから土が腐っていくとですよ」

順平は理解した。そういえばうちでも母が生きていたころは柿の葉が瓦に詰まり漆喰が腐って雨漏りの原因を作ると、唯一の男手の順平がはしごをかけてよく屋根に登らされた。順平なら目の高さの塀だが、この老女ならば背伸びをしてやっと届く高さだろう。

「良かったら僕がお手伝いしましょうか」

老女が立ち止まり塀を振り返る。

「お金の払えませんもん」

「いや、それはいいんですって。庭の椿を撮らせてもらえるだけで」

商談は成立した。順平は老女の手から竹箒を受け取ると、再び塀まで戻る。瓦はそのほとんどに亀裂が入り朽ちて落ちてしまった部分もある。

「椿の実がなる頃に風が吹くと落ちて瓦が割れるんですとよ」

頷きながら箒を上段に構え、瓦に挟まった椿を掻き出すように一つ一つ落としていった。塀の内側は土が盛り上がった部分は湿った濃い苔がびっしりと張り付いており落椿が緑と紅の見事なコントラストを描いてまるで反物でも敷いたようだ。そんな光景をカメラにおさめながら作業をするものだからほぼ二〇メートルほどの瓦の上を掃き落とすだけで二時間近くもかかってしまった。時計を見るともう四時をまわりそうだ。いけない！　姉の律子の怒った顔が浮かんだ。

箒を手に庭先から声をかける。

「中村さん、あのぉ、すみません。僕、これで帰ります」

縁側のガラス戸から埃で白くなった廊下が見える。その先の障子が開くと老女が出てきた。

「あらあら、ごめんなさい。お茶でも飲んでらして」

「いえ、僕、もう、時間がないんで、近いうちにまた来ます。また、じっくりと写真撮らせてください」

「ええ、ええ、それはもう」

思わぬ遠出をしてしまったうえ、帰り道は当てずっぽうに歩いて迷ってしまい家に着いたときには五時をとっくに過ぎてしまった。案の定、姉の律子が店先で膨れっ面をして座っている。

「いったい、何時だと思ってんの！　本当なら仕事、遅れるとこよ、まぁ、今日はインフルエンザで塾は休講の連絡入ったからいいようなものだけど」

そういえば姉が普段着でいることに気づく。

「なんだ、なら、携帯に電話してくれりゃぁ良かったのに」

「甘えるんじゃないよ。ここはあんたの店でしょうが！　売れない店を支えてるんは私の甲斐性だからね。今日の晩ご飯、かつ屋のメンチコロッケだから、お客さんこないうちに食べちゃいなよ」

「えぇっ、またかよぉ」

「あんたに文句言う権限あるの？　だいたいね、かつ屋のメンチコロッケは遠くからでも買いにくるほど人気があるんだよ。たまたま、うちが近いからそのありがたみを分からないだけで」

「はいはい、それでは謹んでかつ屋のメンチコロッケいただきます」

店は順平の趣味が嵩じてやりはじめた貸本屋と趣味のアンティークの品物で詰まってい

る。物が多い上に何しろ店が手狭だから、天井までも届く左右の壁側と中央の背中合わせになった本棚にはびっしりと文庫本が詰まっている。母屋の上がりかまちを椅子にしてその前に小さなカウンターを作り、順平はほとんど一日を本を読むかパソコン業務をしている。天気がいい日は塾の仕事で大体は夕方から勤務の律子に店を任せ、愛用のデジカメと父の形見の一眼レフを肩に散歩に出かけるのだった。店の場所は、博多区は那珂川沿いの美野島商店街にある。といっても八百屋、肉屋、魚屋、総菜屋、花屋、雑貨屋といった類いのあらゆる小さな店が軒をつらね奥に行くに従って段々と閑散としてくるのだが、順平の貸本屋はその一番奥の那珂川に掛かる橋のたもとにあるのだ。もともと美野島の表通りにあった家を母が亡くなり姉弟の二人になった後、マンション業者の強い要望で売却し、この小さな古家に住み替えたことで多少の蓄えはある。だから順平の勤めていたＩＴ企業の会社が倒産したことをきっかけに思い切って貸本屋を始めた。あれからほぼ二年が経過しているが、塾の講師をしている律子の給料をあてにしなくても何とか食べていけるくらいの収入にはなった。本は文庫本のみとし売り買いの八〇％はネットだ。順平が文庫本に拘るのはメール便価格が八十円と安価なこともあるが、真の読書家は文庫本を好むという順平の偏った持論に基づいている。通常の業者が付ける値段より高く買い取るし、品質の良いものは更に上乗せするため、段々と質の良い売り手が着いてほぼ新品の文庫本が手に入るし、買い手は一度、順平のところで購入するとリピーターとなりやってくる。梱包にもこだわり完璧な状態で発送するので、客の信用もあるとは思うが、順平はネットの店舗名を「なごみ猫本舗」としたのが成功したきっかけだと思っている。出荷するときに、趣味で撮ったシロ、いや、ゆきの写真をシリーズ化して手製で栞を作って挿んでみた。本を好む人は猫好きが多いのか、この栞に人気が出て順平にとってゆきは正真正銘の招き猫になっている。店は一応正午より開けてはいるが客はほとんどがここら近辺の単身赴任者用マンションの住人で、夕方の仕事帰りに立ち寄る客ばかりなので、昼間は家で採点などしている律子に店番を頼みもっぱら招き猫のゆきを追いかけているのだった。

「どうでもいいけどさ、メンチカツは良いとして、このキャベツの千切り、もう少し細めにしてくれない」

「うるさい！」

「キャベツの千切りもうまく出来ないようじゃ、嫁の貰い手もまずないね」

「よかです！　嫁には行きませんけん」

順平は母に末期癌が見つかって余命宣告を受けた頃、律子に恋人がいたことを知っている。在宅医療に踏み切り、当時、大学生だった順平と姉とで母を看取った。いつの頃からか消えてしまった彼の存在の原因はもしかして自分ではないだろうか、と順平は思ったりする。一度訊いてみたことがあるが律子は恐い顔をして「うぬぼれるな！」と言い放った。早くに父を失った家庭で仕事に明け暮れた母親不在の穴を高校生の頃から律子が一心に埋めてくれていたからこそ、順平は寂しい思いもせずにまっすぐに育ったのだと思っている。姉は今、三十四歳、いつまでも姉を頼りにしてはいけないと思いつつも肩を寄せ合って生きてきた思いやり癖は、今も相互に松葉のように寄り合っているように思われるのだった。

「あのさぁ、日吉神社の境内から右手の薮を抜けてずっと先の方ってさ、何て町だっけ？知ってる？」

「さぁ、そこら辺りって行ったことないしねぇ、何で？」

「今日、そこら辺りまで足を伸ばしたからさ」

「ええっ、あんな遠くまで行ってるの？　遅いはずだよね」

「いや、初めて俺も行ったんだ」

「へえ、そりゃまた、どうして」

「ゆきが、さ」

「ゆき？」

「あぁ、シロはさ、実はゆきだって判明したんだよ」

「へぇえ、本当」

律子も大の猫好きだ。シロ、いや、ゆきの大ファンでもっぱらゆきの栞を愛用している。

順平は椿の家と老女の話の一部始終を話した。

「俺、明日、天気が良ければまた訪ねてみたいんだ。いいかな…」

律子があっさりと返事した。

「いいわよ。休講三日間だし、明日はテスト用紙作るつもりだから店番やっててあげる」


開け放した濡れ縁に日差しが障子の先の畳までも差し込んでいる。

フサさんは濡れ縁に腰掛けた順平の傍らに正座し青磁色の湯飲み茶碗を掌に暖をとるように包み込んでいた。ゆきがフサさんが座る座布団の傍らに寝そべっている。群生した枯れた茅を刈り取ったせいで随分庭先がすかっとして早咲きのタンポポが固い蕾に黄色い先端を覗かせている。

「おかげさまで、ずいぶんとさっぱり…」

そう言ってフサさんは口元に手をやり、ほほほっというふうに笑った。

老女の名前がフサと分かったのは、フサさんの方から順平の名前を訊いてきたからだ。

順平は自分の胸に手をやり、ゆっくりと名乗ってから今度は老女の方へと手を差し出す。

「僕は順平、遠野順平と言います。中村さん、で、いいんですよね？」

「そうですのよ。でも、あなた、私には姉がおりまして、私のことはフサといいます。で、姉はコウと言いますの」

「それではフサさんと呼ばせていただくことに」

曲がった腰を精一杯伸ばして両手で支えると、深い皺の奥の目がきらりと茶目っ気を帯びて光った。

フサさんは色白で鼻筋も目元もくっきりとしてて若い頃の美しさを偲ばせる。おそらくはきっとかなりの美人だったに違いない。ばさばさの白髪が椿の紅に映えて、フサさんの顔に若い頃の美しさが一瞬、戻って見えるときがある。順平は思わず、密かにシャッターを切った。

「フサさんはずっとこの家にお住まいなんですか？」

「いいえ、私は出戻りですとよ。今はこうして静かに暮らしておりますけど、昔はどうして、椿医院のアプレゲールと言われておりましてね」

耳慣れない言葉に思わず訊き返す。

「アプレゲール…」

「まぁ、ほほほ、アプレゲールと言いましても若い人は何のことやら分からんでしょうがの。大昔の話ですもんの。さて、私がまだ二十歳頃ですよ、終戦を迎えましての、福岡の街にも進駐軍が溢れて、そんな昔の話ですよ」

「へぇっ、是非、聞きたいですね！　そのフサさんがアプレゲールと言われた頃の話」

ゆっくりと話し始めたフサの、順平が中学の頃亡くなった祖母の博多弁を聴くような緩やかな口調に思わず身を乗り出す。

「ひょんなことから板付の米軍基地へ出入りするようになりましての」

「板付…」

「昔は板付という場所に米軍基地がありましての、ま、話せば長うなりますけん」

「いえ、是非お聞きしたいですよ。フサさんのアプレゲールの話」

フサさんは順平の言葉に、掌を口にあて、まぁ、というふうにふふふっと笑った。

「うちの医院に出入りしていた患者さんに万里さんという女性がいまして、その人のつき合ってる人がアメリカ人だったんです」

「ほう」

「そのアメリカ人の男性が、万里さんにくれたレコード、それが私の人生を変えてしまいました」

「……」

「その当時、まだ珍しい蓄音機が我が家にありまして。父が無類の音楽好きだったもので、当時は手に入りにくいハワイアンだのタンゴだのといった類いのレコードがありましてね、万里さんはアメリカ人の彼からジャズのレコードをプレゼントに貰っても、聴く蓄音機がありませんから、我が家に持ってきては、そのうち、そのアメリカ人の彼氏も一緒にうちの二階で音楽を聴きながら時を過ごすようになりましての。私はいっぺんにアメリカかぶれになりました。私も姉もちんぷんかんぷんの英語を話しながら、それが、また、こよなく楽しい時間となりまして。そのうち、私はその彼氏のトムさんに連れられて毎週日曜日、米軍基地の中のチャペルに礼拝に行くようになりました」

「それって、昭和二十年とか、そこらへんですか？」

「そうそう、戦争が終わったのが二十年ですもんの。そのとき私は二十三歳、それから二、三年も経ったころですよ。私はそこでトムの友人ベンを紹介されたちまち恋におちましての」

身を乗り出すように聞く順平を見てまた、ほほほ、と笑った。

「当時、NCOクラブというまるで外国の映画に出てくるような将校さんたちが出入りするクラブがあり、そこで本物のジャズが生のバンドで聴けましての、私とベンは土曜日の夜はいつもそこでデートを重ねました。ベンが休みの日は派手なブルーのオープンカーで雁ノ巣米軍基地のプライベートビーチまで行きましての、パーティをしたり泳いだり、そしてついに結婚しましたと」

「えっ、ご両親の反対はなかったんですか？」

「そりゃぁ、もう。ご近所でも鼻つまみでしたでしょうに、でもうちの両親、特に父親は優しい人でアメリカ人だからと偏見を持つような人ではなくて…。ただ心配はしておりましたが、やはりその心配が的中して結婚は続きませんでの」

「えっ、どうして？」

「やがてベンが本国へ帰ることになり、私もついていくはずが、まずはベンだけが帰還して、後から渡米する約束が、私が実家に戻ってる間に母親が突然亡くなりましての。そのときは姉も嫁いでおりましたので、父一人にすることはできず、結局は私がそのまま父の面倒をみることになりましての」

「じゃぁ、ベンさんとは…」

「いえね、後から聞けばベンは南部の生まれで日本人の妻は到底受け入れてもらえるものではなかったと父は知っておったようで。まぁ、これが私の運命というか。だけんど、よそ様からみたらアメリカかぶれした出戻りの大したアプレゲールでしたでっしょう」

「でもフサさんのその頃の姿見てみたかったです。さぞかしきれいだったでしょうねぇ」

「いえね、その頃美しかったのは姉さまですよ。私はですの、こういうふうに断髪にして眉は長い引き眉、帽子を斜めにかぶり洋装をしてましての」

「姉さまというのは確か、コウさん」

「そうそう、コウさんはですの、前髪にパーマをあててウエーブを作り、いつも着物を着ておりましたの。たまに私の洋服を借りて着ることもありましたけどね。顔はまるで竹久夢二の絵にそっくりで唇なんぞもう妹の私が見ても羨ましいくらい悩ましくルージュが似合っておりましての、蓄音機にもたれて頬ヅエをついて音楽を聴いてるときなんぞそりゃ、絵のようでした」

「レコードはまだ確かＬＰとか言ってた頃の…」

「いえいえ、確かＳＰという、こげぇな大きなものです、針も竹で出来ちょりました」

「竹！」

「当時はまだ、箱の横にネジを廻す取手が着いた蓄音機がほとんどで、それもある家は少なかったですとに、うちはこげぇな大きな立派な箱に入った本物の蓄音機があって電気で動くとですとよ。戦争中は洋楽やら聴くことは非国民のすることで、それでも父は押し入れの奥深くに隠して洋楽のレコード盤ば守っておりましたが、ここらあたりは戦災も免れましての、それが私ら姉妹にとってはそりゃ、幸せなことでした。針は父が見よう見まねで竹を細く削って作ってくれました」

「で、今は、その蓄音機は？」

「もう、いつからか壊れてしもうて。今もまだ二階に置いておりますが」

アンティークな物に目がない順平としてはどうしてもこの目で確かめたい。

「僕に見せてくださいませんか？」

フサさんの目がいたずらっ子のようにきらりと光るのが分かった。

「じゃぁちょっとお上がりなさいませな」

導かれるままに縁側から上がり、畳を踏んだとき、ぶよっとした感触がして床がしなるのが分かった。フサさんが曲がった腰の向こうから言う。

「あなた、気をつけなさいませな。うちは長いことお客も来ませんし、なにしろこの家は百年近く経っちょりますけんの。床板も腐っておりますとよ」

畳の部屋を突き抜けると廊下がありその向こうに台所が見える。流しの前の木枠の窓は昔風の松葉飾りに刻まれた飾りガラスになっていて、乳色の窓の外に鬱蒼と茂る濃い緑と所々に紅が見えるのは椿だ。フサさんが廊下を左に曲がったので順平もすぐに目を転じたが目が暗さに慣れず、ただ、フサさんが踏む軋んだ音の具合で階段だと分かる。フサさんは慣れた足付きでずんずんと階段を上って行くが足音の間合いにぺたぺたと別の音がするのは両手で這いながら上がってるためだ。目が慣れるにつれ、階段の洒落た木彫りの細工が施された手すりに気付いた。階段の木目は隅々に埃が溜まってはいるが昔風のずっしりとした重みがある。まるでこの家の歴史が刻みこまれたように思える階段だ。フサさんが上がりきったところでかなり年代物の真鍮でできたノブが付いたドアを押したとたん、昔そのままの匂い、本や家具や布や雑多なものが混じり合った何十年と蓄積されたような匂いがひんやりとした空気の中であたかもたった今目覚めたように立ち上がりうごめいた気配がした。

「ここに上がったのは、もう三か月も前、ゆきが二階の屋根裏から腐った天井板を踏み外して落ちたときですけんの」

フサさんが指差した天井はベージュのゴブラン模様の入った布張りで焦げ茶色の大きな升目に桟が入ったような凝った作りだ。十畳ほどの洋間を広くそして格調高く見せているが幾つもの茶色の滲みが浮き出ている。そのいちばん隅の升目の一画の天井が外れぽっかりと口が開いていた。

「ゆきの姿が見えんごとなって、ときどき、みゃぁみゃぁ声がしとりましたが、大方、二階の屋根裏にでも迷い込んでおるなぁと思うても助けることも出来ませんで。そしたら何とまぁ、自分で落ちてきましたが。ほほほ」

「フサさん、僕、天井直してあげますよ」

「あら、いいんですのよ。ここはだぁれも使わん部屋ですけんの」

「でも、雨漏りがするんじゃ…」

「はぁ、雨漏りはあちこちしますけど、もう、それはそれで、今はなんとも…。姉と私だけですけんの。それより、あなた、これ」

フサさんの指先に蓄音機があった。

「凄い…」

思わず口から出た言葉だった。まるでそれは一つの芸術的な家具のようなものだった。いかにもクラシックな琥珀色の箱で丈は順平の体の半分ほどもあり幅と奥行きはほぼ同じくらいの正方形だ。

「触ってもいいですか?」

「どうぞどうぞ。若い人には珍しいでしょがのう、もう壊れて音も出ませんもんの」

ずしっとした感触の蓋を開けると湿気った黴の匂いがぷんと鼻をついた。本で見たことはあるがレコードを置くターンテーブルの横にまるでレンコンみたいな形をした金属で出来た部分があり、小さなネジがついていて確かに竹のようなもので出来た針がついている。緑がかった錆が浮いた子どもの腕の太さほどもあるパイプがS字に曲がって底部分へと消えている。順平は床に膝を着くと正面の観音開きの戸に手をかける。両手でぐいとひっぱるとギィィっとかなり重たい手応えを残しながら扉が開いて頑丈な織りで出来た草色がかった布部分が表れた。スピーカーだとすぐ分かった。張ってある布部分を指で触ると、中は空洞になっていることがわかる。きっとS字に曲がっているパイプはここに折り畳まれて入れ組まれているのだ。

「フサさん、お訊きしますが、この蓄音機でかけていたレコードはまだあるんですか？」

順平の行動を不思議そうな目で眺めていたフサさんは、大きく頷いた。

「はぁ、ありますとも、ほら、この中に」

蓄音機の横の書棚の下を指差す。

「ちょっと見せてください」

そう言いながらも、手はとっくに書棚の分厚いガラスを開けていた。色は剥げてはいるものの重厚な革製のアルバム造りで順平の両手で抱えても随分重たい。開いてみると上質の固い紙で出来たカバーの中に一枚ずつ入れてはあるものの糊が浮き出て剥がれにくい。これがいわゆるSPというレコードなのか……。

「赤、茶、緑と分かれてますでしょうが。赤がアルゼンチンタンゴ。茶はクラシック、緑はハワイアン。私は特にこのハワイアンが好きでよう聴いちょりました」

「凄い！　フサさん！　これって宝物ですよ」

「ほう、そうですの。でもまぁ、何度も何度も聴いて擦り切れてしまっとりますよ」

「そんなに何度も？」

「私が、ちんまい子どもの頃からね」

そういうと、小さな声で歌いだした。

「アイヤイナマイアナカプワナ」

順平も聴いたことがあるメロディだ。

「こげえな歌は、今はもうなかでっしょ」

「いえ、ありますよ。でも、僕が思うにSP盤を蓄音機で、しかも竹の針となるとそうは聴けるものではありませんよ」

「でも、もう壊れとりますもんの」

「フサさん、僕に修理させてくれませんか！　いえ、というより是非、お願いします」

フサさんは、どうしましょう…というふうに首をかしげた。

「そんなことに首突っ込んで大丈夫なの？」

姉の律子は、順平が作成した椿と瓦に寝そべるゆきの写真の栞に最後の仕上げのリボンを付ける手伝いをしながら話しかけてくる。順平はネットでプリントアウトした蓄音機の仕組みについての資料に首っ引きなのだ。あのレンコンみたいな針の着いた部分はサウンドボックスといって針から出た音を音楽に戻す装置らしい。パイプのことはトーンアームといって音はそこを通りキャビネットの中に収納されているホーンから出てくるのだ。

「ちょっと、順平ってば、写真を撮りに行くのはいいとして、面倒な関わりはいい加減にしといてね。店だってあるんだし」

「大丈夫だって。そこいらのことはわきまえてるよ。なごみ猫本舗の出荷は遅れてないし」

「じゃぁ、今日入荷した本のチェックは？」

痛いところを突かれた。

「分かってるって」

「なごみ猫本舗のゆきのグリーティングカードも忘れないでよ」

そういえばもう立春だ。お得意様に立春にはなごみ猫本舗のグリーティングカードを出すことにしている。今日は夜なべか…。そんなことを考えながら律子の言葉を背中で聞き流した。

　最近はフサさんの家にはバイクで行くことにしている。シロに会うため通っていた日吉神社は順平の店がある美野島から東にあたるが、シロがフサさんの飼い猫のゆきだと分かってからは、日吉神社には向かわずに美野島通りをまず西に直進し、筑紫通りを左に走れば近いことが分かった。昨夜の寒の戻りでちらちらと舞っていた雪はすっかり止んでいる。順平はバイクに蓄音機の修理道具を積み、背中に商売道具のカメラを背負って椿の家まで突っ走ってきた。玄関前の塀沿いに落ちた椿がフサさんの家の廻りだけまるで絵の具でなぞったように赤い。古い洋館建ては新築当時は真っ白だったのだろうか、おそらく夏は蔦が絡むのだろう。壁には太く黒い蔦が全面に地図を描くように這って汚れた色になっている。重たそうな濃い茶色の枠に囲まれた磨りガラスの埋め込まれたドアが、ここが昔、医院を開業していたことを物語る。左横に取り付けられた緑色のプラスティックのブザーがいかにもとってつけたように浮いて見えた。ブザーを押そうかとも思ったが止めて玄関横の木戸から庭に廻る。ゆきがいた。庭先に置いてある焼き物の火鉢に、こっぽりとはまりこんで丸まっている。「ゆき」と声をかけるとみゃぁといつもの声で返事はしたものの動こうともしない。細めた目のまわりの白い毛が日溜まりに綿菓子のように光っていた。多分、ゆきは自分がかわいいと思われていることを知っているんだ。早く写真を撮れば、と言わんばかりだ。…しかし、なんてかわいい奴なんだ…。猫バカの順平は背中のバッグからカメラを取り出し何枚も写真を撮っていた。夢中になっていたので縁側に人の気配を感じるまでちょっと間があったようだ。てっきりフサさんと思い込んでいた順平はふりむいて驚いた。縁側に見知らぬ老婦人が両手を腰にあて、順平を睨むような鋭い目つきで立っていたからだ。慌ててカメラを取り落とすところだった。

「あの、おはようございます」と言ってから気づいた。自分を見ているとばかり思っていたがそうではないことが分かったのだ。瞬き一つしない目線は宙に浮かんでどこを見ているわけでもない。薄紫のいまどき珍しいフランネルのネグリジェは裾の辺りの糸がほどけてフリルがぶら下がっている。裸足の足で背筋をしゃんと伸ばし仁王立ちになった老婦人の髪は一束に三つ編みにされて右肩に垂れていた。この人がフサさんの姉コウさん？　しかし何ときれいな人だろう。フサさんもきれいだがどちらかといえば愛らしい。しかし、この老婦人がコウさんとすればフサさんが言った通りだと思った。齢は九十歳にも届くかもしれないが、白髪と色白の肌が一体化して順平のつたない描写力から言わせれば、まるでアニメの世界の魔法使いのような気品だ。化粧っけのない顔の奥に潜むような大きな目と中央の薄く骨が浮いた高い鼻…。順平はかける言葉もなくじっとこの場の成り行きを見守った。ほどなく物音がして毛糸の肩掛けを持ったフサさんが出てきた。

「姉さま、今日は気分がええようですの。しばらく縁側で椿でも見んしゃいませな」

フサさんは曲がった腰を精一杯伸ばして姉のコウさんを肩掛けにくるむと縁側の椅子に座らせた。コウさんはフサさんのするがままに身を預ける。

「初めまして、僕は遠野順平です」

コウさんの代わりにフサさんが返事をした。

「すみませんねぇ、姉さまは今はもう遠くの方に心があって…」

「……」

「旦那さまと死に別れて父親が死んだ年に実家に戻ってきましたが、段々と分からんようになってしもうて」

「原因は…」

「さぁて…。お医者さまは精神分裂じゃと診断されましての。父が死んだのがちょうど、東京オリンピックの年ですけぇね。その頃は姉さまも四十三歳くらいやったが、おそらくは旦那さまと父さまとほぼ同時に亡くしたことが、姉さまのか細い神経では持ち堪えられんかったのかもしれまっせんの」

そうだ、思い出した。どこかで聞いた年号と思ったが一九六四年とはオリンピックの年だった。「苦労してやっと開いたオリンピック」苦労してを九、六、四、と語呂合わせして覚えたっけ、ということはざっと計算してコウさんは九十歳くらい？　コウさんの滲み一つない透き通るよう白い肌を眩しく見つめた。

「じゃぁ、その頃からフサさんはずっとコウさんの面倒をみられておられるのですか？」

「まぁ、そういうことじゃが、こんなにしとっても昔の話をすると何かしら分かっておるような素振りをしましての、私の自慢の姉さまですすとよ。ほほほ」

フサさんの笑い声をきっかけに、順平は二階へと上がる。ネットでかなり勉強してきたから仕組みは大体わかっている。フサさんは確かに電気で動く蓄音機と言ったが、昨日、スピーカーの表面、布の部分を触った感触では真空管ではなかったと思った。蓄音機を動かして裏側に廻ると、錆びた太いネジ釘が見えてそこから開けられるようになっている。一本づつ丁寧に外してみると、案の定、真空管はどこにも見当たらない。中は曲がりくねったトーンアームが押込められており、箱の隙間にはボロボロになったパテがはがれ落ち底に溜まっており、両横と底にはまるで段ボールのように固いいわゆる軍隊毛布の類いが貼付けてあるがこれも黴びて部分部分が破れて垂れ下がっている。…思った通りだ…。と順平は内心にやりとした。音が最大限、他から漏れぬように工夫がされているのだった。

上部のターンテーブルの部分底からこれも太いぼろぼろの布コードが出ており、普通、蓄音機といえばゼンマイを巻きその動力でターンテーブルを動かすのだが、これは動力のみを電動モーターで動かす仕組みだ。商品名を見ると数字の横にEという文字があるが、おそらくはエレクトロニクスの頭文字だ。製造月日は昭和一〇年となっている。順平は嬉しさのあまり小躍りした。持参したハンドクリーナーで隅々の埃を吸い取ると、持参した金属を磨くクリーナーを不要なTシャツで作ったぼろ布につけ丁寧に磨いた。錆や埃でくすんだ金属が見事な輝きを取り戻してきた。あちこち点検し修理に必要な物をメモすると、今度は表に廻りサウンドボックスとそれに続くアームの部分もピカピカに磨く。隅々の汚れを取り、プレイヤーのサウンドボックスに取り付けたままになっている竹の針を注意深く取り外すと、これも持参した柔らかな布にくるんで箱にしまった。ミシン油を挿してあちこちの動きをなめらかにする。さしあたり、今日の仕事はここまでだ。

階段を下りると縁側にコウさんの姿はなかった。庭にフサさんの姿が見える。曲がった腰に両手をあててどうやら、芽吹いた水仙の具合を見ているようだ。ゆきがフサさんの足下をくの字に擦り寄っている。順平は縁側から靴を履いておりると声をかけた。

「フサさん、二階の蓄音機ですけど、分解したままになっています。あのままにしててくれませんか」

フサさんは、ゆきに足を絡まれながらよろよろと縁側まで歩んできた。

「修理ができますと？」

「さぁ、わかりません。でもやるだけやってみたいんです」

フサさんは真面目な顔をして頷く。

「ところで、コウさんは？」

「姉さまは、ほれ、あの窓」と指差した。

「あの窓のある部屋でほとんど寝ております」

「食事とか、どうされてるんですか？　なんなら、僕、買い物とか手伝いましょうか」

「いえいえ、夕方にヘルパーさんが来てくれますとよ。それにお弁当も来ますしの。民生委員の方が年寄りの二人暮らしを気遣ってドアにブザーを付けてくれましての。ときどき押して見えますのよ」

「そうなんだ」

あの、この家に不釣り合いなプラスティックの緑のブザーにはそんな事情があったのか…。順平はほっと救われた気分になった。律子は順平のこんな性格をお人好しと言う。「世の中、人が良いばかりじゃ渡って行けないんだから…」と心配するが、順平の性格としてはほっておけないのだから仕方ない。


暫く、雨が続いた。雨の日は客が増える。ほとんどが単身赴任専用のマンションの住人がお得意さんの店では、雨の日ともなれば飲みにでかけるのも面倒なのか読書人口が増える。最近の本業界では、新作の回転が早い。若手の売れっ子作家が毎月立て続けで新刊を出すが、あまりじっくりと読む本はなく、手元に残しておくほどの感動もない本がほとんどどだから、こうなると中古というよりほとんど新品の形で入荷する。なごみ猫本舗の評判はほとんどが星五つの評価を得ており、順平としても質の落ちるものは出すわけにはいかないが、たまに昔の文豪たちの本なども出ることがあり、これはこれで貴重品なのだ。

「酷い臭い！　いったい何してるのよ」

灯油ストーブの上にかけている鍋を覗き込みながら律子が大声をあげた。

「悪い、悪い！　ちょっとね」

「いったい何よ？」

「蓄音機の竹針の材料なんだ、昔、一時期俺がはまってた麻雀パイがさ、捨てようと思いながら捨てきれずにいたら役に立つかも」

「麻雀パイ？」

「そうそう、竹の部分がさ、ネットで調べたところ、どうも蓄音機の竹針として代用できそうなんだ。竹の部分だけを取り外して、今、蝋で煮込んでるんだ。こうして徹底的に蝋を竹に滲み込ますのさ」

「ふぅん、どうして？」

「滑りを良くするためさ」

「そうなんだ、しっかし、臭いよね！」

ぶつぶつ言いながら仕事に出かける律子を見送り、鍋の中を覗いてみる。ぶつぶつと膨らむ気泡に、うまく行けよ！　と念ずる思いだ。

店を閉めた後、机の上を片付けいよいよ竹針の制作に取りかかる。

蝋を滲み込ませた竹を取り出し、フサさんの家から持ち帰った古い竹針を取り出す。定規を使い正確に寸法を測るとぴったり長さは三センチだ。慎重にカッターナイフで切り取ると、見本に習って断面を三角形に切り出し針の先端も鉛筆の芯のように鋭く斜めに尖らせた。後はきめ細かいサンドペーパーで丁寧に磨き上げる。できあがった針をつまみ上げ電気にかざしてみた。

「いい感じじゃないか」

一人、ほくそえんだ。


やっと晴れた。こんな日を待っていたのだ。修理に必要なありったけの物を荷台に積むと、朝少し早めにフサさんの家に行く。途中、コンビニに立ち寄り昼飯を調達した。今日は区切りが着くまではがんばるつもりだ。風はまだ冷たいが早くも春の気配がヘルメットの裾から順平の髪を心地よく揺らし気分が弾む。

裏木戸をくぐると待っていたかのようにフサさんが縁側に現れた。

「おはようございます。雨がやっと上がりましたね」

「雨が何日も続きましての、たぶん、二階は雨漏りが酷くて、絨毯も濡れておると思いますが」

「そうなんですね」

挨拶もそこそこに、荷物を抱え二階へと入り込むと、いつもながらの黴臭い昔の匂いが順平を迎え入れた。なるほどゆきが落ちてきた辺りの雨漏りは相当なものだ。壁紙が水を含み剥がれかかっている。幸いにも蓄音機の方は全く濡れてはいない。ほっと胸をなで下ろした。順平がお願いした通り、蓄音機は解体されてそのままにしてくれていたのがありがたかった。

一応はクリーナーをかけてはいるが、もう一度、剥がれたパテの部分を更に完璧に剥がし、古い毛布も取り外してから、持参したチューブ入りの木工パテを取り出す。慎重にキャビネットの箱の隅にチューブの先をあて右手で少しずつ押し出しずらしながらビニール手袋をした左指で押し付けるように埋め込んでいく。パテは即効性なので埋め込む傍から乾いて行くが、この手の修理はアンティーク家具などを扱い慣れているのでその経験が役に立つ。次に長く折りたたまれたホールをよけながら、あらかじめ家で裁断してきた古毛布を接着剤で貼付けるとキャビネットの中は終了だ。ターンテーブルの下から出ているぼろぼろのコードを取り外し、剥き出したニクロム線を丁寧に磨いてからソケット部分の付着した埃を拭き取り付け替えると、コードは新しいものと取り替えた。行くぞ！　自分に声がけしてから壁のコンセントに差し込むと祈る思いでスイッチを入れてみた。何とターンテーブルが軽やかに廻り始めたのだ。思わずガッツポーズをする。今度は最大の難関、昨夜夜更けまで精魂込めて作った竹針を、丸い形をしたサウンドボックスに取り付けるのだ。針の部分のネジを緩め隙間に差し込むと寸分の狂いもなくするりとはまった。ふぅっと大きな安堵のため息がこぼれる。最後に裏側のコルク板でできたような板をネジで止めて一応形は整った。

レコードが収納されているガラス戸を開け、この前、フサさんから聞いていた、好きなレコードを五枚ほど抜き出した。傷はそれほどないが、どれも黴が点々と浮かび、黒いレコード盤は白い埃で溝もほとんど見えない。これからの作業はどうしても水が必要となる。あらかじめ丁寧にハンドクリーナーで埃を吸い取ってからバスタオルにくるみ、必要な修理道具とコンビニで買った弁当を手に下に行く。

フサさんがこの数日の悪天候で落ちてしまった椿の花の傷のない物を拾い集めて縁側に並べている。

「蓄音機はどうですか？　音が出るようになりましょうか？」

「フサさん、期待しててくださいね。僕、がんばってますから。それより、たくさん椿が散りましたね」

「昔、母様が落ちた椿の花を糸に通して首飾りや髪飾りを作ってくれましたのですよ。私も今日は作ってみようかと思いましての」

「それはいい、作って首にかけたところを是非、撮らせてください」

「まぁ、ほほほ、ならば、姉さまの分まで作って写真に撮ってもらいましょうかの」

順平が今から弁当を食べたいと言うと、フサさんも縁側に弁当を持って出てきた。コウさんを連れてきていつもの椅子に座らせ、三人で弁当を開いた。ゆきもおこぼれに預かろうと足下に擦り寄ってくる。昨夜、テレビで「明日は十九度まで気温があがる」と言っていたが、その通りのぽかぽか日和だ。

「後でちょっと台所を使わせてください」

「はぁ、そりゃまた何用ですと？」

「レコード盤を復元させるんです。黴や埃をきれいに取り除かないと、音が出ないので」

「お手伝いは何かありましょうか？」

「いえいえ、フサさんは楽しみにしててくださいね」

フサさんがコウさんの腕に手をかける。

「姉さま、レコードが聴けるようになるかも知れんですよ。この順平さんが修理してくれちょりますと」

コウさんは黙々と弁当を食べている。

「姉さまに音楽聴かせてやりたかですとよ。私も好きじゃったが姉さまはもっと好きじゃった。あの蓄音機は私たちの遠い懐かしい思い出の詰まった箱ですもんの」

食べ終わった順平は庭に立ち、仲の良い二人の弁当をつまむさまを何枚も写真に納めた。ゆきが膝に置いたフサさんの弁当のおかずをじっと根気よく狙っている。その真剣な目がまたおかしくてこれも写真に納めた。


食事が済んだあと、今度は縁側にレコードを広げる。携帯している作業袋の中からカビキラーを出し両面を拭いて少し間をおき、その間に鍋に沸かしておいた湯に水を入れぬるま湯にしてから流しを借り、レコード盤の両面をきれいに流した。半乾きのうちに乾いたタオルで盤の目に沿ってレーベルは剥がれないように気をつけながら優しく拭き上げた。フサさんは縁側で拾ってきた椿を紐に通して幾つものレイを造り、今度は髪飾りを作っているようだ。

最後の仕上げにシリコンスプレーを吹きかけ化学タオルでレコードの溝に沿い丁寧に拭

き上げると見事な黒光りを放つレコードが復活した。

「できた！」

「えっ！　できましたと？」

「たぶん」

「聴かせてくださいませな」

レコード盤を手に階段を意気揚々と上る順平の後ろから、ペタペタと掌の音をさせながらフサさんも這い上がってくる。

蓄音機を見たときのフサさんの驚きの歓声を姉の律子にも聞かせてやりたいと思った。

「まぁまぁ、こげん新品のごとなりましたなぁ、すばらしかですの」

フサさんは両掌を胸で合わせ、何度も拍手しながら頬にも手をあてて嬉しさを隠しきれない様子だ。順平がスイッチを入れるとターンテーブルが静かに廻り始める。

「さて、これからですよ、フサさん。僕の作った竹針が成功するか早速かけてみましょう」

復元したばかりの三枚のレコードの中からフサさんの一番好きなハワイアンをターンテーブルに置くとサウンドボックスを持ち、静かにレコード盤に載せた。針がレコードの溝に触れる音がしてやがて柔らかな音色が蓄音機から流れ出す。順平がボリュウムを上げると何と豊かな音だ！　まるで生の演奏が箱から飛びださんばかりの迫力に順平はど肝を抜かれた。何という臨場感だろう！　ダイナミック！

「凄い！」

順平はあまりの音の豊かさに圧倒され感動のあまり涙が出そうになる。フサさんは何度も目頭をエプロンの裾で拭いながらやはり感涙に咽んでいる。音色は何とも言えぬレトロな匂いだ。甘く切ない懐かしさをくすぐるこんな音を順平は初めて聴いた。

「これは是非とも姉さまに聴かせんと」

フサさんは慌てて階段を下りていく。順平は針を止めた。竹針は一回しか使えない。余分には作ってきたけれど貴重品だ。箱の中に毛布を張り、パテで隙間を埋めたことで音が全面に集中して飛び出してくるのだ。おそらくフサさんのお父さんが施したものなのだろう。あの毛布はたぶんメリケン粉で作った糊で貼付けたのだろう、ちょっと引っ張るだけで剥がれて落ちてきたし、パテもお父さんが工夫した手製の物に違いない。何でも手にはいる世の中で、昔の人はそれなりに試行錯誤の末、より豊かな音量を求めて工夫したのだと思った。階段の下から声がする。上から覗くとフサさんがコウさんを連れて階段の下にいた。

「ここまで姉さまを連れては来ましたが、てこでも動きませんと」

フサさんが悲しそうな顔をした。そうだ！　順平は大急ぎで蓄音機の傍まで戻るとスイッチを入れてレコードに針を載せる。蓄音機からハワイが南国の香りになって大音量で流れてきた。また、階段まで戻る。コウさんの目がびっくりしたように見開き「信じられない」というように首を振っている。順平は駆け下りて背中をさし出した。フサさんがコウさんの後ろに廻りコウさんは順平におぶわれて二階へ上がる。

「姉さま！　分かりなはいますか？　ほら、姉さまの大好きな蓄音機が直りましたとよ。この順平さんが直してくだはりましたとですよ」

フサさんの声は全く耳には届かないようだった。目を閉じじっと聴き入っているようすだった。順平はそうだ！　と思った。すばやく階段を駆け下りてフサさんが造っていたレイを持って再び階段を駆け上ると、コウさんとフサさんの胸にかけてやる。

「おや、まぁ、ほほほっ」

フサさんの頬が思わず赤らむのが分かった。

「姉さま、よく似合いなはいますこと」

コウさんは閉じていた目を開け、胸元の椿のレイに手をやる。そして静かに音楽に合わせ体を揺らす。

「アロハオエ、アロハオエ」

二人の体が曲に合わせ静かに動いている。二人は何を考えているのだろう。昔の佳き時代に戻って懐かしさの中に身を置いているのかもしれない。そう思えるのは、二人の顔はいかにも楽しげで、口元が笑っている。コウさんのネグリジェの裾のフリルがほころんだままぶらさがっているが、それを差し引いても、何と気品高い姉妹なのだろう。順平の推測が当たっているとすれば、この姉妹はきっと戦前は裕福な家庭で父母にいっぱいの愛情を貰って何一つ不自由のない暮らしだったのだろう。戦後の急激な時代の変化の中で母を亡くし相次いで父が亡くなり、取り残された姉妹二人が身を寄せ合い暮らしていたに違いない。年老いてもこの二人には若き佳き時代をそのままに無邪気におっとりと時間が流れていたような気がする。

少し疲れたのかソファに座りうっとりと耳を傾ける二人はしっかりと手をつないでいる。

「今度はタンゴをかけましょう」

ランコ・フジサワとかいう順平は全く知らない歌手が、ノスタルジックな甘い声で歌っている。

たそがれはせまりきて　淡き月いでぬ
明日となれば別れゆく我ら、

夢のタンゴ　踊ろよ

驚いたのはコウさんがか細い声で歌い始めたことだ。おそらく二人は今、過ぎてきた時代に戻り、時間を共有しているのであろう、大きなソファに二人はちょこんと座りコウさんの歌声に合わせてフサさんは握った姉さまの掌を軽く指で叩きながら拍子を取っている。二人の胸にかけた真っ赤な椿のレイがまるで二人の胸の昂りを象徴するかのように小刻みに震えていた。

順平は、その夜、なかなか寝付かれなかった。目を瞑れば鮮やかに蘇る椿のレイをかけた二人の姿…。耳に残る蓄音機の強烈な音量とその臨場感、そしてなにより順平を感動させたのは、部屋にほとんど籠もりがちな、一言も言葉を発しないコウさんが蓄音機の音色を聴いたとたん、昔の記憶が蘇ったことだ。

あの白亜のような顔の窪んだ瞳の輝きは、今まで失っていた生気を、ほんの一瞬かもしれないが取り戻した証だった。順平は今更ながら音楽の力をみせつけられていた。竹の針は一回聴くごとに換えねばならない。二十本近く造っていったが全て使い切ってしまった。麻雀パイはまだ充分に残っているが、そのうち使い切ってしまうだろう。学生時代の友人にも声をかけて不要なパイがあれば分けてもらおう。などと思いが次々に膨らんで行く。

いつのまにか眠ってしまい目覚めたのは翌朝八時も過ぎた頃だ。茶の間からわめく律子の大声で目覚めた。

「順平！　起きて！　早く！」

「何だよぉ」

布団から半身を起きだし、茶の間に続く襖を開けたのと律子がテレビのボリュームを上げたのとほぼ同時だった。

「ねぇ、火事よ！　夜中の二時過ぎに出火って言ってる！　この家、あんたが最近行ってた家じゃない？」

「ええっ！」

飛び起きテレビに走りよる。勢いよく燃える家、慌ただしい消火活動の様子が映しだされている。しかし流れてくるアナウンスの言葉に順平は愕然とした。

「中村さん宅は四十年前までは、椿医院と言われて慕われた内科医院で、発見された二遺体は、中村さん姉妹コウさん九十一歳、フサさん八十六歳と思われ確認を急いでいます。火元は二階天井付近で出火原因は漏電と思われ、家の老朽化もかなり進んでおり…」

ニュースが終わる前には家を飛び出していた。

…嘘だ！　そんなの絶対嘘だ！…。全速力でバイクを飛ばしながら、嘘だ、嘘だ、嘘だ、心の中で繰り返し叫びながら、頭の中では、炎に巻かれ逃げ惑う二人の姿と、レイを胸に幸せそうに肩を寄せ合う映像がかわるがわる浮かんでは消えた。

椿の家は跡形もなく見事にその一画だけが消滅していた。立ち入り禁止の黄色いテープが張られ、庭の椿がまるで戦渦の跡のように黒く焼け焦げて立ち尽くしている。それは茫然自失した順平の姿そのままだった。滂沱の涙が頬を流れる。何でこんなことに…。立ち入り禁止の黄色いテープの前に崩れおちたまま立ち上がることができなかった。

「身内の方?」

声をかけられ我に返るとエプロン姿の見知らぬ女性だ。横に背広姿の男性がいる。

「いえ…」

「でも、最近ちょくちょく見かけた方よねぇ」

男性が話に割り込んでくる。

「最近、この家に出入りしていたというのはあなたですか?」

手帳を見せられて男性が刑事だと知った。

「やっぱり、漏電なんですか…」

「そう。現場検証ではね。それははっきりしていますが、ちょっと署までご同行願えますか、お手間は取らせません。参考までに、二、三、お訊きしたいことがありますのでね」

順平の方こそ訊きたいことがあった。

「で、この家の方はどこに…」

刑事に代って女性が口を挟む。

「多分、警察かどっかの安置所じゃないの、身寄りもないって聞いてたし。うちは隣りで危なく焼けるとこだったけど、あれだけ椿の木が植わってたでしょ、それが幸いして火がうちまでまわらなかったの。だけど、心配してたのよ…。いつかこんなことになるんじゃないかって」

そのあと順平は警察署にて、いわゆる、かなり長い事情聴取を受けた。だが、漏電個所がはっきりとしていたために順平に何かの容疑が掛かることはなかった。

順平は一目、二人に会いたいと懇願したが、それは叶わなかった。遺体は判別できないほどの損傷を受けているというし、言い含められて最後は諦めた。

昨日、あんなに楽しげに喜んでくれたあの幸せな笑顔のまま記憶に閉じ込めておこうと思った。思い返してもう一度跡地へ戻ってみる。悪夢なら覚めて欲しいと思ったがやはり現実だった。…雨漏りが酷かったことは知っていたが、自分は蓄音機のことばかり考えており、まさか漏電するなんて考えもしていなかった。なんという馬鹿ものなんだろう、そんな常識的なことを見逃すなんて、一言自分が注意してれば防げた事故だったかも知れないのに…。後悔が怒濤となり順平を押し潰した。一緒に焼け死んだのか、ゆきはいなかった。

ゆきに出会ったのは、それから数日もした頃だ。

もしや、と出かけてみた日吉神社の手水舎のいつもの場所にいた。

…ゆき…。胸が躍った。そっと近づき「ゆき」とやさしく声をかける。順平の方を見て少し目を閉じみゃぁおと鳴いた。

「ゆき、俺だよ。ゆき、生きてたんだね」

手を差し出そうとして気づいた。酷い怪我をしている。左脇腹の毛が黒く焼け焦げてピンクの皮膚がむき出しになり血が滲んでいた。手を取り引き寄せると、うぅぅっと威嚇するような唸り声をあげたが構わず引き寄せてもよほど弱っているのか抵抗もせずそのまま順平に抱かれた。

猫は人に着かず家に着くというが、ゆきもご多分に漏れず借りて来た猫のように机の下の人目に付かぬところが一番落ち着くようだ。あれからそのまま動物病院に入院して家に連れ帰ったのは二週間も経ってからだった。ゆきのため律子はペットショップから心地良さそうなベッドやあたたかな毛布など買い込み我が家の茶の間の特等席にゆきの居場所を作ったが、ゆきは連れ帰るやそのまま順平の部屋に逃げ込み机の下に居着いてしまった。

余りにもショックが大きすぎてあの日写したフサさんとコウさんが椿のレイを掛けてソファに座った写真はフィルムのまま保存している。いつも愛用していたデジカメの他にあの日はわざわざ父の形見の一眼レフを持って行ったのだった。店のパソコンを置いている机の抽き出しを開けると、すぐに見える緑色のフィルムが半透明の丸い容器の中で眠っている。いつか、このフィルムを焼くかもしれないが今はまだその気になれない。…あのとき、俺が漏電の恐さに気づいていたならば…。自責の念は今もずっと順平の心に塊になって居座っているのだった。ゆきは少しずつ環境にも慣れてきて、かまって欲しいときは順平のパソコンの辺りにまで上がってきたり、大事な書類の上にわざと寝そべったりとか悪さをするし、腹が減れば律子の足下で甘えた声を立てるようになった。

川風がときおり店先の風鈴を鳴らす。

全てが幻のように…。

4号（2013年）

ビーと花火とC

中川由記子

福岡県　季刊午前

お迎えにあがりました。

青緑のスーツを着た若い男性がビーのななめ後ろに立っていた。

「あ、びっくりした！」

ビーは久々台所に立って、大根と人参と牛蒡と蓮根とジャガイモとを並べて、片端から乱切りにして鍋の中へ放り込んでいるところだった。

「びっくりされましたか、それはどうも」

見知らぬ人が急に入ってきて、名も名乗らず、いきなりお迎えだなんてそれは驚くでしょう。いったいどこから入ってきたのか、ビーは玄関の鍵は閉めてたかしら、と一瞬思いを巡らせた。それよりこの人は誰なのだろう。

「あなただれ？　どなた？」

目の前の相手はキュッと唇を真横に引き延ばして、ピッと背筋を伸ばした。青緑のスーツの光沢感が美しい。玉虫色というものか。

「誰と言われましても困るんですが、とにかくそれ、いつ終わるんですか」

終わる？　なにが終わる？　ビーは驚いてしまった。目の前の大根や人参や牛蒡やジャガイモや並べてある野菜達をとにかく切ってしまって、鍋で軽く火を通して、それを小分けにして冷凍してしまわなければならないのだ。難関の里芋にまで手を伸ばせるかどうか分からないが、とにかく力の限り切りまくろうと思っていたのだった。

「そろそろ手が痛くなってきたけど、でももう少しなのよ」

ビーは包丁を一端まな板の上に置き、左手の親指の付け根をぎゅっと押さえた。

「ここにある野菜、根菜ですね、これはけっこう大変ですね。いつ終わりますか？」

いつ終わるかを連発されて、ビーはカチンときた。

「あのね、これを切った後ざっと下処理をして、とにかく冷凍してしまうの」

名乗らぬままの相手は、え！　と軽く感嘆して、口を閉じた。

「そんなに簡単には終わらないのよ。終わらないけどやることはやってしまわないと、気になって仕方ないでしょう。むかしはもっとなんでもバリバリ、次から次へこなせたけど、もうそんな歳でもないから、やれることをやるだけなのよ。あなたには年寄りの気持ちはわからないだろうけど」

名乗らぬ相手に自分を年寄りと言ってみせて、ふん、と鼻で笑ってやった。

自分が年老いていることぐらい自覚している。むかしはなんでもやれたのがなんにもできなくなっていることぐらい、あるいは今の時代とはずれにずれていることぐらい自覚している。ただ、むかしの自分だったら、もっとテキパキ、ごめんくださいこんにちは、おじゃまします、わたくしなんのなにがしでこうこういうりゆうでおうかがいいたしました、と言って名刺と一緒に手土産のひとつも差し出すところだ。むかしの自分だったら、とビーは名前も言わない目の前の誰かを睨みつけた。

「ところで誰？」

「誰でもありません」

「別に誰でなくてもかまわないけど、一応呼び名としてAとかBとかあるでしょう」

「ではCで」

「あのね、気を遣ったのかも知れないけど、私の呼び名のビーはABCのBではないの。これはね、沙河多部美麻子という名前からだんだんに変化していって、つまり、サカタべからカタベになってタベーになってビーで固定化してるの。念のため」

ビーは途中を省略した。すべては高校時代のことだった。沙河多部という面倒くさい名字からサカッぺとかカッぺとかタベーとかタブーとか最悪ブーにおさまりそうになった経緯があって、そのときどきに抵抗や拒絶を試みたが、そうすればそうするほど囃し立てられて一番いやな呼び名に納まっていくという展開を怖れて、ここは騒ぎ立てず、という薄笑いでかわしてきたのだった。

ビーを獲得するまでの作戦もあった。一クラス四十三人、一学年十三クラスの女子校で、生き抜くためには友人関係はなくてはならないものだった。友人と、みまちゃん、とか、みまぁ、とか呼び合ってでもいようものなら、蔑まれる、気持ち悪がられる、即仲間はずれにされるのだった。それは避けたい。しかし、ブーも避けたい。なぜならそのときビーは五十五キロあって、それをものすごく気にしていたからだ。体型をそのままだなんて、しゃれにもなんにもならない。それに引きずられてもっと太ったらどうするのだ。

「バ行で言えば、やっぱり、ビーがいい、というかビーしかないし」

率直にクラスのボスに漏らしたのである。学校帰りのかき氷屋にボスの一味と呼ばれていた四、五人の仲間に混じって付いていったときだった。一つのテーブルを囲んでビーはボスの真向かいの席にすわった。で、ビーはさりげなく、話のついで、という感じで切り出してみたのだった。

「ブーって、なかなか、なんで」

そうかなあ、と誰かが笑った。

「いいじゃん、べーでもブーでも」

と、超美人超金持ち成績優秀のボスは優雅にコンデンスミルクのかかったかき氷を口に運んで呟いた。

「いやいや、なかなか。年頃乙女にはつらいもんが」

ビーは深刻さを隠して首をすくめた。

ボスは長い髪をかき上げて
「うん、沙河多部って……」

と、ビーを見つめた。ちょっとである、が、ビーにはなにか、なんとか光線を浴びたような感じがして緊張した。

「なんかBよね」

と、ボスが言ったのだ。失礼である。が、それは今考えればの話で、ビーはこのとき、やった、と思った。ブーからもベーからも逃れてビーを獲得したのである。ボスがビーのことを一言でもみんなの前でビーと呼んだらそれはもうビーで確定するのである。しかしながら、ビーに行き着くのにはもうひと段階あった。ボスはビーをナンカビーと呼んだのである。まあいい、しばらくはナンカビーも受け入れざるを得ない。ビーはまたもや薄笑いで応えていた。三年生になり、友人関係もそのときどきで変わり、もう呼び名など、どうでもいいと思える頃、自然とビーに落ち着いていった。

難関私立に余裕で入っていったボスとは遠く離れたクラスで、顔を合わせることもなかったが、いつか、元気?ナンカビー、と声をかけてくれたときは、懐かしくも嬉しくもあった。ビーはその後、予備校でも大学でもビーと呼ばれた。誰かしら知り合いがいて、ビーの名前を知らなくてもそう呼ぶのでそうなった。沙河多部ビーさんと思われていた。

もともとはビーが認めたくはないB級のBなのである。いや、もうこの年になってはB級なんて、立派、ありがたい評価ではあるが。

「ところでCさん、あなた誰?」

ビーは包丁も切りかけていた人参もそのままに、テーブルから引っ張った椅子に座ってCとやらに向き合った。

「誰でもないということを前提にCです」

「そんな禅問答まがいはいらない」

「それならCで」

ビーはナンカビーとソレナラシーか、と苦々しく呟いて、

「本名は!」

と切り込んだ。Cは口をとがらせて黙っていた。

「私の名前は沙河多部美麻子昭和二十五年年生まれの七十……」

ななじゅう、いくつだっけ? 頭にもやが、いや、もやではなく、なにかが途切れたふうに切り離されて飛んでいってしまった。目の前のグズグズ男にお手本を見せてやろうと張り切ったのがいけなかった。ときどきこうなる。こうなることを失念していた。

「ちょっとまってね。私、七十歳になったときに、もう年を取らない、数えない、ずっと

七十歳でいこう、って……」

「はい」

「お役所の書類なんかは保険証運転免許証、あ、マイナンバーに登録してあるもので済ますし、いざとなれば必要に応じて思い出せるし、特に不都合はないもんだから、おいくつ？　はい七十になりました、で通ってきたの。永久七十歳ということで」

「はい」

急にビーは喉元がきゅっと締まって慌てた。

「コ、コーヒーでも、飲む？」

「はい」

毎日抽出するコーヒー習慣が、いつからかインスタントに取って代わっていた。なんでも簡単に、時間をかけずに一日を過ごす。こだわりはつまずきの第一歩だ。こだわらない、ただ淡々と時間をするする通り過ぎる。やり過ごすのではない、動きが鈍くなったぶん、意識をクリアにして時間を駆け抜けるのだ。

で、野菜を切って切りまくっているのは、たぶん人生のアクセントだからだ。なにをどうできるか確認しているに過ぎない。この根菜たちを半分加熱してフリーザーバッグに小分けして冷凍しておけば、誰かが重宝して使ってくれる。たとえば娘のヨウ、嫁のミアさん。ヘルパーのキドさん。もちろん味つけまでして冷凍した方がいいのだが、それは控える。それぞれの味つけがあって、ビーはそこまでは立ち入らない。味覚は個人の自由と権利だ。

「Cさんとやら」

「はい」

「インスタントでいい?」

「はい、私がやります。すわっていてください」

誰でもない前提のCは瞬間湯沸かしポットにペットボトルの水を注ぎ入れ、食器棚からマグカップを二つ取り出しインスタントコーヒーをスプーンで掬って入れた。ビーの好みを知っているかのように軽めに入れた。慣れている。もしかしたらビーのことをよく知っている誰かなのかも知れない。ビーが知らなくても、あるいは忘れていても、向こう様はビーのことを知っている、というのはよくあることだった。

「あなた、山岸さんから頼まれてきたの?」

山岸というのはビーの夫が入っているホームのホーム長だった。(ビーも一緒に入っているのだが)

「でも今回は一週間の予定で帰ってきてるのよ、まだ昨日帰ってきたばかりだし、少しのんびりしたいし、友人とも会いたいし」

Cなる者は、マグカップにお湯を注ぎ、それをビーの前に差し出した。

「熱いですから気をつけて」

「ありがとう。山岸さんになにか言われた？」

「いえ」

「じゃあ、息子か娘のさしがね？」

「いえ」

「じゃあCさん、あなた誰！」

語気は荒くなったが、ビーはだんだんCに心を許し始めていた。そんなに悪い人でもなさそうだし、危害を加えてきそうにもないし、ただ話し相手になってくれればそれでいいかな、という感覚になった。ホームには相談員という人たちがいて、困りごとなど相談できるのだったが、それには限りがあった。老人の困りごとなど、なに一つ解決できるものはなく、いや、人間の困りごとにそうやすやすと解決策はないものとビーは達観していた。それでも相談員さんの存在はありがたく、時にはホーム内で若い相談員さんの取り合いになることもあった。

「もうこのマンションも取り壊しが始まるし、ホームで暮らすしか選択肢ないのよ。でもそれじゃあ人生の最後、寂しいでしょう。夫はいつでもどこでも楽しいばっかりだけど、私はね、なんというか、生まれてこのかた一人暮らしをしたことがないの。笑わないでね。一人暮らしの老人を世間はかわいそうに思うけど、なんのなんの。私は、その孤独の味さえ知らないままに死ぬのなんて、まっぴらごめん」

だんだん感情が激してくる。

「私はいい奥さん過ぎたのよ。なんにもはみ出ることがなかった。つまらない！」

ビーはCを相談員さんと勘違いしそうになっていた。

「むしろ、ラッキーでしたね」

相談員さんに見まがわれたCはコーヒーをすすりながら、相談員さんと同じような受け答えをした。

「まあ、総じてね。戦争を知らない子どもたちのまま、戦争を知らないで死んでいけるんだもの」

Cの顔が一瞬ゆがんだ。

「え？　戦争、日本もやっぱり巻き込まれたの？」

数年前、ロシアがウクライナに侵攻して戦争状態になったのは知っている。ビーの記憶はそこら辺からまだらになっていて定かではない。

「戦争を知らないとはいってもほんとうに知らないわけじゃないわ。戦後生まれた子供たちっていうだけで、戦争の痕跡はあちこちに残っていたもの。戦争ほど怖いものはないって私たちの世代は知っている。でも、その避け方は知らないまま」

百歳に届かなかった母が亡くなり、百歳にもっと届かなかった叔母が母と連れ立つように亡くなり、なにか焼き場の雲一つ無い青空だけが目に焼き付いて、ビーの記憶をまっさらにしていた。

「母も叔母も沖縄戦で亡くなったお兄さんのことをよく話していたわ。私にとっては伯父さんね。とっても優秀だったんだって。でもあの頃はコロナでね、お互い会うのもままならなくて、かわいそうだった」

ビーは母を失って、しばらく放心状態で、放心状態のまま暮らし続けていた。手足に力が入らないというか、考えがまとまらないというか、それでもそう感じていただけで、実際には手足は動き、やらなければならないことはやっていたような気がする。

「解放されたのよ、いろんなことから。遠い国の戦争のことはショックだったけど、どうしようもないし、あの頃は、もう自分のことで精一杯。倒れないように、倒れないようにと思っていたのを思い出すくらい」

ビーは自分に言い聞かせるように呟いた。Ｃは深くうなずいて答えた。

「日本は戦争はしていません。でも平和ではありません。世界中、どこも」

ビーはCをまじまじと見た。Cは慌てて付け足すように言った。

「戦争といっても従来型ではないというだけで、平和も同じように従来型ではなくなっています。定義が変わったのです。それだけです」

Cは顔を赤らめた。

「あなた誰?」

この優しげな目元と少しなよっとした身のこなしは、どこかで見たことがあるような気がした。新しく入った一番若い相談員さんかも知れない。

「山岸さんに言われたの?」

「いいえ」

「夫に頼まれた?」

「いいえ」

「私は死ぬ前に一度でいいから一人暮らしをしてみたいの。ホームの許可もとってるのよ。自分で自分の限界を知りたいの。出されたご飯を食べて、出された薬を飲んで、ときどき体操して脳トレして、歌ってテレビ見て、それはすごくありがたいけど、でも、私は一人暮らしがしてみたい。わがままなのは分かっている」

Cは黙って下を向いていた。ビーの話を聞いているのかいないのか、消え入りそうな体でうなだれている。嫌な予感がした。

「あれなの?」

まさかと思いながらも確かめずにはいられない。蚊の鳴くような声でCは返事をした。

「はい」

「お迎えって、まさか、そういうことなの?」

「はィ」

そんなばかな。そんないきなり。なにかの間違いでしょ。大声で問い詰めたくもあったが、ビーは、ただ、うう! と顔を背けただけだった。とても驚いているけど、そうかもね、やっぱりね、という気持ちもあって、うう! とうめき声に似た声しか出せなかったのだ。

沈黙が続いた。耐えかねたのかCが口を開いた。

「あのー、それ、いつ終わりますか?」

まな板の上の人参を目で指してCは言った。まな板の上の人参だけではない、まだまだ切らなければならない根菜たちがごろごろとざるの中で、なべの中で、行き場を失って、あれ、これらをどうしようと思っていたのか、さっきまで、なにか一生懸命やっていたのにそれがなんだったのか、なんの意味があったのか、ビーには分からなくなってしまった。

「もういやだ。キミ、代わりにやって」

「そ、それは、いやです。こ、困ります」

「私だって困る!」

日本の、女性の平均寿命は八十八歳のはずだ。少し譲歩しても八十二、三歳まではいきたいではないか。ビーは不満顔で、いや哀願顔でCを睨みつけた。

「いや、だから……」

Cは言いよどむ。

ドーンと音がした。ビーの芯が驚いて飛び跳ねた。

「お迎えの車かなんか?」

ビーは泣きそうになっている。Cは口をとんがらせて、首を横に振った。

「違いますよ。花火じゃないですか」

そうだった。今日は七時半から地区の花火大会があるんだった、それを楽しみにしていたのだと、ビーはベランダに飛び出していった。気持ちは飛び出していったが、現実にはずるずると左足を引きずりながら、転倒に気をつけて、怪我でもしたらたいへん、とつぶやいてベランダに足を踏み下ろした。Cは気を利かせてキッチンの椅子を二つ持ち出してくる。盛大に花火が揚がり始めていて、音が地響きのように伝わってくる。

「見えないわ」

「見えませんね」

いつの間にか視界にビルが立ちはだかっていた。四階のベランダからではとても見えない。

「以前は見えたのよ、半分くらいは」

このベランダからは揚がる花火への方角が違っていたし高さも足りず、でも、空に飛び出した花火が見えることがあった。それで十分だったのだ。

「立ちはだかるビルもあれば、壊されるビルもあるんだから仕方ないわ」

ビーは思い出していた。むかし、花火大会の日に誘われて、繁華街にあるマンションの十三階の非常階段から花火を見たことがあった。そこからは仕掛け花火も少しだけ見えたし、なんといっても三カ所から打ち上げられる大玉の花火が頭上に降り注いでくるかのように大きく広がるのが素晴らしかった。。ビーは三年続けてそこから花火を見たのだった。

「街中に音が響いて返ってくるの。すごい迫力でさ、団扇片手に、缶ビール飲みながら、まさに夏！　満喫したわ」

横には笠松さんがいた。

「毎年そこからの景色が変わるの。二年目には近くに大きなビルが建っていて、まあ花火の邪魔にはならなかったけど、笠松さんは邪魔だ！　と怒っていた。三年目には今度は遠くのビルがごっそり壊されていて、ＪＲの電車が通っていくのが見えたのよ。花火もきれいだったけど、電車の明かりがあの、あれ、銀河鉄道みたいで、幻想的だった」

笠松さんは二十代のイケメン銀行マンだった。リーマンショック前だからビーが五十代終わりの頃だ。向こうは仕事だから親切なのは当然として、でも波長が合ったのは確かだった。個人的な付き合いということではなかった。いや、個人的な付き合いだったのかも知れない。花火は確かに個人的な、といってもいい。

「うちのマンションの非常階段から見えますよ。いつも独り占めで、もったいないから、谷さん、来ませんか」

と誘われたのだ。その日は家族の誰も家にいなくて、というか、夫は仕事で子供たちはもう就職して遠くにいて、ここ数年、いやここ十数年花火見物なんてしたことない、とビーがぼやいていたからだった。

「ボクの部屋は二階で散らかってますからNGですけど」

笠松さんはそう言って近くのバス停まで迎えに来てくれたのだ。エレベーターで十三階まで上り非常階段の重いドアを開けて外に出た。暮れきっていない空に王様のような形をした雲が居座っていて、なにか楽しくて、思わず笑ってしまっていた。

「いい景色ね。すごいね。街が一望」

ビーは嬉しかった。息子のような笠松さんが息子でないのがわけもなく嬉しかった。こんなにイケメンの笠松さんが還暦近いビーと一緒にいてくれるのが、一緒に花火に付き合ってくれるのが、楽しそうにしてくれているのが、無条件に嬉しかった。笠松さんは階段に用意してきたクッションを置き、立ったりすわったりして見るといいですよ、と言ってくれた。笠松さんも立ったり階段に腰掛けたり、して、つまり、二人並んですわったり、もして、花火見物をした、のだった。

「谷さん」

笠松さんはそうビーに呼びかけて、少しぬるくなったビールを手渡してくれた。口やかましい夫、冷たい息子、手厳しい娘、家庭内ヒエラルキーの底辺にいるビーはひとときの幸せを味わっていた。

「ヒエラルキー？　三角形じゃないですね」

笠松さんは声を上げて笑う。

「言ってみただけ」

ビーも笑う。

ドーン、ドドーンと音だけがするベランダで、Cは笠松さんと違って黙ってビーの話を聞いている。

「あ、私、谷っていうの。谷美麻子、結婚してるからね。ガチョーン」

ビーがガチョーンのポーズをしてもCは無反応だ。

「谷啓よ、ガチョーヨヨォーン……」

クレージーキャッツの谷啓なんて、Cが知っているはずもない。ビーは説明するのをあきらめて、うちのダンナのあだなは中学校の時タニシだったんだって、ださいよね、と付け加えた。

「そのタニシが怒るのよ。笠松さんの口車に乗せられて投資なんかして、浮かれて花火なんか見にいって、騙されたんだ、ばかめ！　って」

ビーは思い出して首をすくめた。ビーは笠松さんに騙されたわけではないのだ。たまたまリーマンショックで株価が暴落して、ビーの買った投資商品が急落してしまっただけなのだ。それがうちの母の耳にも入るし、息子も娘も聞きつけて、なんだかんだと言って怒るし、ほんとに散々だった。まあタニシに無断で買っていたのはどうかと自分でも思うのだが、これは不可抗力というもので、あえて言うなら、その商品の価額が下がりきった時点で売ってしまえと強要したタニシがあさはかだったんだ、とビーは結論付けている。

笠松さんは次の年転勤になって、三年続いた花火見物も終了した。別にリーマンショックが問題でも花火見物が問題でもなく、あの頃の銀行マンは三年くらいで普通に転勤になっていったものだ。

「笠松さんの顔、なんか、忘れたよ」

Cは黙っていた。

「寂しいね。笠松さんの顔が思い出せない」

ビーは続ける。

「花火は見えないし、笠松さんの顔は忘れるし、お迎えは来るし」

Cは気まずそうに、あの、と切り出した。

「あれ、いつ終わりますか……」

人参大根ジャガイモのことだな、とビーは思った。

「なかなか。キミやってくれる？」

投げやりにそう返事をすると、Cなるものはため息をついて、じゃあ一端帰ります、と立ち上がった。

「私もそれなりに忙しいので、と言うか、それなりにそれなりの予定がたてこんでおりますので、またにします」

「それはどうも、おつかれさまです」

ビーは軽く頭を下げながら、やったーと心の内で万歳をした。Cはベランダに出した椅子を元に戻してくれる様子も無く、もうどこかへ気が向いているのか半分ビーの方を見て言った。

「前回も断られました」

「ま、そうなんですね」

飛び上がりそうに嬉しかったが、ビーは押さえた。Cは名無き者として消えかかりながらゆっくりと玄関ドアに向かっていった。青緑のスーツはかすかにくすみ、透け感が増している。

「心残りのないように、やるべきことはやっておいてください」

「はーい」

返事だけは若々しいが、からだはぼろぼろなのだ。そんなことくらい分かっている。今このとき、左足を引きずってしまうのがなんとも悔しい。

「一人暮らしはあきらめて、ホームに帰った方がいいですよ」

「はいはい、はーいはい」

弾む心が出てしまって、ビーはしまったと思う。

「私からのアドバイスです」

Cは振り返ってビーをぐっと睨むと、そのままドアも開けず向こうに吸い込まれていった。

「帰ります、すぐ帰ります」

ビーは大声で返事をした。山岸さんや相談員さんやタニシが心配しているかも知れない、と心がざわめいた。と同時に、でも、やっぱり、と呟いている自分もいて、ビーは揺らいでしまうのだ。

61号（2022年）

福岡県　南風

鴉

紺野夏子

空が近いこの部屋はカラスの鳴き声がよく聞こえる。

梅雨時の湿った空に響く声が何事かを知らせるようで、冴子は思わず聞き耳を立てる。

おまえはここに住んでいた父を知っているのか。この窓から外を眺めていた父を見たことがあるのか。

窓際に寄る冴子より早く、翼を翻して遠ざかるカラスの背に声をかけたくなる。

あのカラスは昨日もやってきたカラスと同じなのだろうか。この辺りを縄張りにしているカラスが、見慣れない人影に様子をうかがっているのだろうか。

坂の途中に建つこの家の二階からは、町並みがよく見える。建ち並ぶ家々の間には小さく海も覗いている。

この景色に惹かれて父はここに住んだのだろうか。


昨日、冴子は初めてこの家を訪れた。入り口のドアを開けると、床の埃が見えてそのまま上がるのをためらった。車にジム用の靴を置いているのを思い出し、それを履いた。上がったすぐの部屋に小さな流しとコンロがあり、テーブルと椅子や食器を入れた棚があった。その奥の窓のない納戸みたいな部屋には何やら物がたくさん詰め込まれていた。それから階段を上ってこの部屋に入った。ドアを開けるとむっと澱んだ空気が押し寄せて、冴子は急いで窓を開けた。

窓の外には様々な形の屋根が連なり、見晴らしの良さにしばらく見入った。坂の途中で見つけた家は、立ち並ぶ家並の中に窮屈そうに建っていた。筆箱の隅に転がったちびた鉛筆みたいに見えた家は、中に入ってみると見かけよりは居心地が良さそうだった。

視線を室内に戻すと壁際にベッドがあり、畳まれた掛け布団と枕がのっていた。長年使いこまれたらしいベッドのマットレスには人型を思わせる軽い凹みがある。

ここに父が寝ていた。

思わず息を吸い込み、大きなくしゃみが出た。立て続けにくしゃみをして、鼻をかんで落ち着いた。

冴子はベッドに横たわる老いた父の姿を思い浮かべようとした。しかし、冴子の記憶にある父は若いままで止まっていた。


先月のことだった。

お母さんが入院されました、という病院からの知らせに、冴子は取るものもとりあえず駆けつけた。

冴子を見て母は戸惑ったような笑みを見せた。長年、その総合病院の内科医として勤めていた母が、以前医長を務めていた病棟のベッドに寝ていた。

軽い心筋梗塞を起こしたらしい。自分で救急車を呼び、病院の名前を言い、そこへ行って欲しいと頼んだそうだ。処置が早くて良かったです、病状が落ち着いたら詳しい検査をします、と母を診察した医者は言った。

二年前に退職してようやく自由な時間ができた母は、一人暮しを続けながら旅行や趣味を楽しんでいた。

「びっくりしたわ」

ベッドサイドに座るなり、冴子は言った。

「先週会った時は元気だったし、どこか悪いなんて、何も言ってなかったでしょう」

冴子は目の前の母の姿が信じられない。心電図のモニターや点滴のチューブに繋がれた母の姿は、病人そのものだ。母は白衣を着て患者を診る人で、このようにベッドに横たわる人ではない。

「最近疲れやすいなあと思っていたんだけど……自分のことは分からないものね」

昨年母は、喜寿の祝をした。長年の疲れが出たのだろう。落ち着いて考えてみれば無理もなかった。

この春、冴子の下の息子も二つ上の長男同様に他県の大学に進学した。自分で進路を決め迷いなく歩き始めた親離れの良い息子たちを、頼もしくも寂しくも感じていた矢先の出来事だった。

不整脈が続き血圧も安定せず、母の入院は意外に長引いた。冴子は自宅のマンションから車で二十分ほどの病院へ、毎日のように通った。

その日、母は改まった様子で言った。

「あなたに頼みたいことがあるのよ」

母は枕元に置いているバッグから封筒を取り出した。

「その家に行ってきて欲しいの」

受け取った封筒には住所を書いた紙片と鍵が入っていた。

「何なの、これは」

母は少し間を置くように天井を向き、言った。

「お父さんの住んでる家」

冴子は息をのむ。父は冴子が中学生の頃に家を出た。それ以来一度も会っていない。

「お父さんの家って……」

こんな所で急にそんなことを。

建築士だった父は知人から誘われて遠くの街に仕事に出かけたまま帰らなかった。母とは連絡を取り合っているようだったが、子供には詳しいことは知らされなかった。

――一人で生きたいという人を縛り付けておくわけにはいかないから。みんな不幸になるだけだから――

繰り返し母は言った。

父は不幸だったのだろうか。家族といるより一人の方が幸せなのだろうか。では父親がいなくなった私は不幸ではないのだろうか。中学生の私は繰り返し考えた。

五歳離れた兄の雅史は父親のように頼りがいがあったし、母は忙しい中でも十分に愛情を与えてくれた。父がいた時から家事をしてくれる人が通いで来ていて、毎日の暮しに変りはなかった。

父がいなくても何も困らず毎日が送れる、それが父が家を出た最大の理由だったのかもしれないと思ったのは、冴子がもっと大きくなってからだった。


「ここにお父さんがいるの？」

母は小さく首を振った。

「分からないのよ。最近メールがこなくなって。だから見てきて欲しいの」

「メール？　お父さん、メールをするの」

いなくなってしばらくは葉書だった。年に一度か二度、簡単に近況を知らせてきていた。考えてみればもう随分父からの葉書を見ていない。自分の生活に気を取られて、あまり思い出すこともなかった。

「メールぐらいしますよ。簡単だもの。好きな時にできるし。たまにだけど。それがなくなったのよ、このふた月くらい」

いつの間に二人はそんなことを始めていたのだろうか。兄や私の知らないところで、どんなやりとりをしていたのだろう。

驚きが治まらない冴子は、父がいるという住所を見つめる。隣の市だった。そこには冴子の友人がいて、幾度か行ったことがあった。車で高速を飛ばせば一時間ほどの距離だ。そんな近くに父はいたのか。

母は続けた。

「最近まで確かに住んでいた家なの。もしかしたら、どこかの病院にいるのかもしれない」

「お母さんのことは知らないのね」

母が入院しても父から連絡があった気配はない。

「あの人は私が病気になるなんて思っていないから。病弱なのは自分だと思い込んでいるから」

母は言って、ちょっと笑った。

体調を崩した父が母の勤める病院を受診したのが二人の出会いだった。初めから二人の関係はそのように決まっていたのだ。

その頃、父は大学の建築科を出て工務店で働き始めたばかりだった。受診を続けるうちに次第に打ち解けて交際が始まり、やがて結婚した。収入も年齢も母の方がずっと上の、周りが驚く結婚だったが、母の両親にしてみれば相手がよほど非常識な人でなければ良かったようだ。

思いがけずあなたたちが生まれたし。孫を抱けるなんて諦めていたからねえ。

冴子を可愛がってくれた祖母はいつも言っていた。一人娘の母は、勉強ばかりして男の子には目もくれなかったそうだ。

頭の良い自慢の娘だったけれど、それだけじゃあ、十分じゃないから。人並に結婚して子供を産まないとねえ。

そう言っていた祖母は冴子が高校生の頃に亡くなった。開業医をしていた祖父もその一年後に亡くなった。

母は祖父の医院を継がなかった。長年通っていた祖父の患者たちには、それぞれに見合った通院先を紹介したり、自分の病院の患者にしたりした。

開業医はいろいろ大変です。とても父のようにはできません。

母はそう繰り返して頭を下げていた。

父のことがなければ母は医院を継いだかもしれない。冴子はふとそんな気がした。父が家を出ても母は変らず淡々と暮らしていたが、母の心は見かけよりも穏やかではなかったのかもしれない。

小さな医院経営は何かと気苦労が絶えない。極端に言えば夜間も休日もない毎日だ。どうかすると、日常生活にも患者さんはどんどん入り込んでくる。冴子は祖父母が二人で旅行するのを見たことがなかった。開業医の日常は周りがうらやむほどの暮しではない。家庭を覗かれる。それを母は避けたかったのかもしれない。父のことをとやかく言われるのを嫌ったのかもしれない。

父との結婚を祖父母は大らかに受け入れたが、周りの親戚はそうではなかった。医者か大学教授、男はそのどれかになり、女はその職業の相手を選ぶ、それが当たり前と思っているような一族だった。その中で父は明らかに異質で浮いていた。親戚の集まりがあると、着慣れないスーツ姿の父は、誰と話すでもなく隅でひっそりとビールの入ったコップを傾けていた。幼い冴子の目にも寂しそうで、いとこたちと遊んでいても目の端にいつも父がいた。

「いつからここにいたの。こんな近くに」

冴子の声は少し尖った。

「五年位前かしらね」

「何も言わなかった」

「居場所が分かっていたらいいから。これまでもそうだったでしょう」

「でも、こんな近くに」

「病気がね、悪くなったのよ。心細くなったんでしょう。家に帰るように言ったんだけど、それはできないっていうから……」

母はちょっと遠い目をした。

「ともかく行ってみてちょうだい。お願いするわ。私のお見舞いは良いから」

一日中ベッドで寝ているとそれが気になって仕方がないと、母の目が冴子に訴える。冴子は頷いた。

母には頷いたものの帰宅した冴子は迷っていた。いまさら父に会ってどうすればいいのだろう。父がいなくなってしばらくはいろいろ思うこともあったが、やがて大人になり結婚をし自分の暮しに追われている内に、いつしか父の不在に慣れてしまっていた。急に父の所在を知らされても、戸惑いが先に立つ。一晩考えて、とりあえず家を見るだけでも見てみようと決めた。後のことはそのとき考えよう。

カーナビに住所を入れると地図が行先を示した。本当にあった。少し安心して車のアクセルを踏んだ。

海を左手に見ながら走る高速道路は快適で、ドライブの目的はどうであれ、冴子の心は浮き立つ。冴子は運転が嫌いではない。夫よりも上手いと密かに思っている。

「ココデアンナイハシュウリョウシマス」

ナビの画面が止まった。坂の両側に民家が並んでいた。手ごろな空き地に車を止めて辺りを歩いた。どの家も普通の家族が住んでいる雰囲気があった。住所表示を確かめながら、この近くのはずだがと辺りを見回す。風が舞った。雲が動き、陰っていた陽射しが戻り家々の屋根を照らした。冴子は立ち止まって汗を拭った。

上空にカラスが飛んでいる。一羽、二羽。番なのだろうか、戯れるように飛びながら小さな屋根に降りた。その家は横幅の広い安定した二階建ての間に、肩をすぼめるように建っていた。少し歪んだ青い瓦屋根にとまる二羽のカラスは、その家の守り神でもあるかのように下界を見下ろしている。どんな家……冴子の足が自然に動いた。細長い二階建ての、窓の小さな家だった。人の気配がせず、表札もない。古ぼけたチャイムがついていて、試しに押してみるが反応がない。冴子は母から預かった鍵を取り出した。鍵穴に入れると、かちゃりと回った。

その日帰宅して、母に電話をした。家は見つかったけれど、父はいなかった。家の中は意外にきれいだったがしばらく誰も住んでいないような感じだったと伝えた。

「何か書置きでもなかったの」

母は言った。

「見なかった。そんなにあちこち探さないわよ。あまり長居するのもどうかと思ったし」

「あの人は大事なものはベッドの周りに集める人だったから、もう一度見てきてちょうだい」

母は少し強い口調で言った。子供の使いじゃあるまいし、ただ見て来ただけなんて。そう言われているようで冴子はむっとする。

母にはまだ夫かも知れないが、あの人はずっと前に出て行った人だし。

父がいなくなって、兄も冴子も傷つかなかったわけではない。

もう俺たちの父親をやるのが嫌になったんだろう。親父なんかいなくてもちゃんと生きてみせるさ。

そう言っていた兄は、優等生人生を突き進み、母と同じ職業についている。同級生と結婚し、三人の子供もみんな医学部に進ませ、絵に描いたようなエリート一家になった。

そんな兄をよくやるなあと眺めながら、冴子は地元の大学に進み、そこで知り合った先輩と結婚した。夫は転勤のない地元企業に勤め、二人の子供ができて平凡だが幸せな家庭を持った。父親が健康でしっかり働き、母親は家庭を守り子供を育てる、それだけが望みだったと言えるかもしれない。この人なら家族を捨てて出て行くことはないだろう、そう思って結婚した。

兄の結婚の時も冴子の結婚の時も父は来なかった。母は一応知らせたが、病気療養中の為に欠席しますという、いつもの返事だった。

確かに父は原因の分からない消化器の不調を繰り返していて、やがてクローン病と分かった。それからの母は父の体調の管理に努め、油や繊維の多い食事を摂らないように、親しい栄養士に頼んで父用の献立を作ってもらった。和食中心のそのメニューと他の家族用のメニューの二本立ては、父が家を出るまで続いた。最新の医療では食事療法はそれほど必要ではないらしかったが、母はやり方を変えなかった。栄養のバランスの良い食事、規則正しいストレスのない生活。父の体に関しての母は、結婚しても厳格な主治医のままで、父はたまに不平を言ったが、まともに相手にされなかった。

クローン病は政府指定の難病なので、母の判断はやむを得なかったのかもしれないが、父中心の生活が長く続くと家族みなが同じ病気になったような気分になった。何より父が一番窮屈そうだった。自分がいなければ全て丸く収まる。父はそう思ったのかも知れない。

母の希望を容れて翌日も父の家に行った。埃除けのマスクや軍手やごみ袋を用意した。薄めのコーヒーを入れたボトルも持参した。

家の傍には車が一台置けるほどの空き地があり、そこに車を入れた。上履きに履き替え、まず一階の窓を開け、空気を入れ替えた。台所で水道が使えるのを確認するとトイレに行き、持参したペーパーで便座や床を拭いた。長居すればトイレも使う。ここに父がお尻を載せたのだと思いながら、丁寧に拭いた。それから二階に上がり、窓を開けた。

カラスの声がにぎやかに聞こえた。空を飛ぶカラスが、二階の窓からは目の高さに見える。黒い影が冴子の目の前を横切る。カラスの目が冴子を捉える。昨日鳴いていた同じカラスだろうか。もしかすると、父の友達はカラスだったのかも知れない。冴子はふと思った。

ベッドの周りを改めて見回す。

机があった。パソコンが載っている。デスクトップの古い型のパソコンだ。父はこのパソコンで母とメールのやり取りをしていたのだろうか。コンセントが差し込まれたままになっている。電源を入れてみようかと思ったが、やめた。他人のパソコンを覗くのはやめよう。もし見るとしたら母だろうと冴子は思う。

それより机が気になった。昨日気付いていたのだが、背もたれにひょうたんの形のくりぬきがある。父はまだ、ひょうたんが好きなようだ。

父は兄や冴子が小学生になる前に、自分でデザインし材料を調達して数日かけて机を作ってくれた。出来上がって冴子は歓声を上げた。

椅子の背にひょうたんがあった。ええ、なにこれ？　幼い冴子は言った。ひょうたんだよ。ふーん、へんなの。冴子はその不思議な形をしばらく見ていた。面白いと思わないか？　小さい丸が頭、大きい丸がお尻、お尻を振って楽しそうに踊っているみたいだろう、冴子もそのうち好きになるよ。父は明るく言った。

父の作った机の角の手触りが良くて、冴子はいつも撫でていた。体の成長に合わせて椅子の高さを調節でき、大学生になっても使い続けた。頑丈で、三段の引き出し付きの使い勝手の良い机だった。

父は大工仕事が好きで、大工さんになりたくて建築家に進んだ。けれど体調を壊して思うように仕事が出来ず、たまに会社から回してもらったデスクワークを家でしていた。退屈を紛らわすように父はいろいろな物を作った。庭のベンチ、おもちゃ箱、本棚、ペン立て。

どれも父の細かい気づかいと遊び心が見て取れる、使い易いがちょっと変わった姿をしていた。父がいなくなった後も父の作品が家のいたるところにあり、それはまるで父の代りに冴子たちを見守っているようでもあった。

いつも家にいる父に懐いて、三度の食事もお風呂も一緒だった冴子は、中学生になると父よりも友達といるのが楽しくなった。お風呂に一緒に入るのはずっと前にやめていた。学校から帰るといつも家にいる、そんな父が疎ましかった。

その頃、父は大学時代の友人からの仕事の依頼を受けた。幸い体調がよく、飛行機で出かけるような遠い街だったが、母も承知して送り出した。沢山の薬と生活上の注意点を書いたメモを母から渡された父は、勇んで出かけて行き、そのまま帰らなかった。

父が帰らなかったのは自分のせいかもしれないと冴子は思うことがある。たまに言い争いはしていたが、父と母は決して仲の悪い夫婦ではなかった。それなのに兄は父に冷たかったし、冴子も父を遠ざけた。父の不在は私たち兄妹にも責任があるのかもしれないと冴子は思っている。

けれど兄は、父の作った机を使い続け、自分の子供が学齢期になると、その机をきれいに修繕して与えた。次の子には冴子の使っていた机を欲しいと言ってきて、冴子は驚きながらもどうぞ、と答えた。兄に三番目の子供ができたとき、どうするのだろうと思っていると、知り合いの家具工房に頼んでそっくりの机を作らせた。

冴子にしてみれば父そのもののような机なのに、兄はどういうつもりでそれを自分の子供に使わせるのだろう。

使い勝手がいいからに決まっているじゃないか、それ以外に何があると言うんだ。

兄はうるさそうに答えた。

ベッドの周りを探しても、父の行先の手掛かりは見つからなかった。こうなればパソコンを開けるしかないのだろうか。冴子は一息入れようと階段を下りて台所へ向かった。テーブルと椅子の汚れを拭き、椅子に座る。これも父が作ったのだと分かる、懐かしい肌触りだった。父は必ず家具の角を丸くする。幼い兄や私がぶつかってもけがをしないように。

台所の隅には、コップ代わりらしい空のワンカップが置いてある。相変わらずお酒は飲んでいるんだ。飲んでいるということは体調は悪くないのだろうか。この病気は煙草はいけないが酒は良いんだと父はよく言っていた。母もたまにお相伴をしていた。父の体調が落ち着いているときで、二人を見る冴子の心も和んだ。

一人になっても父はお酒を飲んでいる。ワンカップを見つめる冴子の喉に熱いものがこみ上げた。

父に会いたい。長年胸の奥に沈んでいた思いがむくむくと湧きあがり冴子は戸惑う。何十年も前に出て行った人なんか、とっくに忘れたはずなのに……冴子は温くなったコーヒーをぐいと飲んだ。

玄関の方から人の声がする。耳を澄ます。

「だれかいるのかい？」

年配の男性の声だ。

部屋を出ると、玄関に杖をついた男性が立っていた。

誰だろう。お互いに不審な眼差しで見つめあう。

「高木さんの家の人かい？」

男性は言った。

「はい。何かご存じでしょうか。父が住んでいたようですが……」

ほう。男性は値踏みするように冴子を見ている。

「娘さんがいると聞いてはいたが……。車があったのでね。ここの大家なんだが」

冴子はあわてて深く頭を下げる。

「それは存じませんで。はじめまして」

自然に言葉が出た。

「探しに来たんだろう、幸之助君を」

「はい。どこにいるかご存じですか」

「彼は入院しているよ。大分悪い」

やはりそうか。冴子は少し息を継いだ。

「……どちらの病院でしょう」

畑と名乗った大家さんは、ともかく家に来なさい、話があると冴子に言う。急いで家の戸締りをして大家さんの後に従った。

歩きながら、大家さんは辺りを見回して言った。

「この家もあの家もみな私が貸している。ここらあたりは前は雑木林で何にも役に立たん土地だった」

大家の畑さんはついこの間のことのように話した。昭和の頃か、戦前の話か。ずっと昔のことだろうと冴子は聞いていた。

畑さんは立ち並ぶ家の間の抜け道に入った。そこを過ぎると大きな家が現れた。門を入ると手入れの行き届いた広い庭があり、敷石を伝って玄関に入った。座敷に通されて朱塗りの丸い座卓の前に座ると、中年の女性がお茶を運んできた。

「息子の嫁だ」

紹介された女性は伏し目がちに頭を下げ、小さな声でいらっしゃいませと言うと、すぐに下がっていった。陰気な印象だ。

胡坐で寛いだ畑さんは、

「まあ、茶でも飲んで」

と湯飲みを持った。

「愛想は悪いが、茶はうまいよ」

礼を言って冴子もお茶を飲む。美味しい。

「近くに湧き水の出るところがあって、わざわざ水を貰いに来る人がいるくらいでね」

畑さんは目を細める。父もこの水を飲んでいたのだろうか。冴子は舌の上で転がすようにお茶を味わう。

「五年位前かな、幸之助君が来たのは」

ようやく畑さんは話し始めた。

「初めから、あの家を貸してほしいと言ってきてね。……あれは死んだ息子が道楽で作った家で、人が住んだことがなかったから、どうしようかと思ったんだが」

空になった湯飲みを置いた冴子は、先を促すように畑さんを見た。

「息子は、もともと体が弱くてね……ちょうど四十九日が済んだばかりだった。門から息子の年恰好に似た人が来るから、女房と驚いてね」

それでつい家に招いた。何か訳がある様子で自分のことはあまり語りたがらなかったが、家賃はちゃんと払いますからと言われた。誰も住んだことがないし、倉庫代わりに荷物を入れているからと言うと、ひと部屋で十分ですと言ってね。まあ、息子が思い付きで小さな台所やトイレを付けて、出来たときは隠れ家みたいだろう、と喜んでいた。あそこで何をやりたかったか、今となっては分からないが……電気や水道は通っていたし、住むには住めた。家具はなかったが、必要なものは自分で作りますと、リュックから大工道具を出した。そんなもの抱えてきたんじゃあ重たかろうとびっくりしたよ。ずいぶん痩せていたからねえ。断れなくて、いや、女房が乗り気になって……。

畑さんはふと口を噤むと、口元を綻ばせて言った。

「息子は蔵之介というんだよ。昔はあそこに蔵があって、先祖代々大事にしていた蔵で、それで名付けたんだが、先の地震で壊れてしまった。壊れるような蔵の名前を付けるから病気になるんだって女房は泣いてね……幸之助なんて人がやって来るなんて、これも何かの縁だろうと思った」

冴子は言った。

「父とはずいぶん会っていないんです。私が子供の頃に家を出たので」

「うん……。何か事情があるのは分かっていた。でも、悪い人じゃないのもわかった。だから貸したんだ」

「お世話になったのでしょうね、父は」

「家にあった布団や鍋や茶わんを運んだよ。始末に困るくらい沢山あったから、かえって片付いたと喜んだくらいだ。女房は息子の服を抱えて行ってねえ。体格が同じくらいでぴったりだった……うしろ姿が息子に見えて、思わず蔵之介と呼ぶこともあった。彼は大工をしていたらしくて、家のあちこちの修繕をよくやってくれた。何軒かある貸家の修理も簡単なことはできたから、ずいぶん助かった。女房は何かというと頼りにして、電球が切れた、雨樋が詰まったなんて言っては幸之助君を呼んでいた。それも、昨年倒れてそれっきりだ」

「奥様も亡くなられたのですか」

「うん。今はあの嫁と二人だけだ」

畑さんはからりと言った。

「……女房が亡くなった頃、幸之助君も悪くなってねえ。病院に行くように言ったんだが、いつものことだから寝ていれば治ります、薬は奥さんが送ってくるから大丈夫ですと言っていたよ。こちらも女房のことで頭が一杯で、気がついたときは……」

畑さんは言い淀んだ。冴子は次に何を言われるのだろうかと身構える。

足音がして、お嫁さんが現れた。

「お義父さん、そろそろ病院へお連れしましょうか」

「ああ、そうだな。それが良い」

畑さんは、ほっとしたように答えた。

「私の車でご案内します」

お嫁さんは冴子に言うと、身軽に玄関に向かう。

冴子は畑さんに挨拶をして立ち上がった。ようやく父に会えるのだと心を引き締める。

玄関から家の裏手に回っていくお嫁さんの後を追う。見上げるような柿の木の梢でカラスが鳴いた。お嫁さんは立ち止まり梢を見た。冴子も立ち止まった。カラスと視線が合ったようだった。

「この辺り、カラスが多いですね」

「ええ。カラスは人に近い鳥ですから。高木さんはカラスが好きでしたよ。二階の窓でよく遊んでいました」

やはりそうだった。あの家の二階の窓を開けてカラスを見ている父の姿が浮かんだ。

お嫁さんは車庫にある自動車を出した。赤い軽自動車だ。大きな構えの家には似合わない小さな車のドアを開けて、どうぞ、と促した。言われるままに冴子は乗り込む。ともかく父に会わなければ。どんな様子か母に報告しなければ。冴子は後部座席に身を置いた。

運転席に座ったお嫁さんは、振り向いて言った。

「この車の方が小回りが利いて良いんです。道が狭いところも多いし。わたし玉代と言います」

どうぞよろしくと、玉代さんは改めて頭を下げた。

「高木の娘の石川冴子です。父がお世話になったようで、ありがとうございます」

冴子も挨拶する。それほど不愛想な人ではなさそうで、ほっとする。

裏口から出た車は、やがて大きな通りに入った。

「高木さんは、あなたに会われても分からないかもしれません」

玉代さんは少し気の毒そうに言った。

「父とはもう何十年も会っていませんから、私も分からないと思います」

「……意識がはっきりしないんです。混濁というのでしょうかね、いつもうとうとしていて、話しかけると応える時もありますが、わかっているのかどうか……大腸癌だそうです。私が行った時はベッドの傍に倒れていて、意識がなくて。救急車で病院に運ばれて、それからずっと入院しています。主治医の先生や看護師さんからは、早くご家族を呼んでほしいと言われていました……高木さんは携帯を持っていたんですが、それが見当たらなくて、奥さんに連絡をしようにも出来なくて。警察に探してもらおうかと思っていたところでした」

だからよかったですと、玉代さんは言った。

「ありがとうございます。ご迷惑をおかけして」

冴子は他に言葉が出ない。

病院に着いた。

ナースステーション傍の病室に横たわる人は、冴子の覚えている父をそのまま縮めたような姿をしていた。血の気のない黄色い皮膚が張り付いた鼻は鋭く尖っている。白くなった毛髪と額や頬の深い皺が、父のこれまで生きてきた歳月を物語っていた。

父が小さくなっている。水気を無くして、今にも命が終りそうに見える。

お父さんみたいな顔の人は年を取らないのよね。母は、少し背中の曲がり始めた自分の姿を鏡に映しながら、ぽつりと言った。知り合った頃からそうだったけど、今はどう見ても夫婦には見えないでしょうねえ。初めから釣り合いの悪い夫婦だったのよ。

だから出ていかれても仕方がないと母は言いたかったのだろうか。

ベッド脇に座って、冴子は言葉もなく眠る父を見つめていた。父と母、兄と冴子。父のいた頃の家族の光景が次々に蘇る。

「ようやくご家族に会えましたね」

やれやれと言うように笑顔を作った看護師長は、身を乗り出して父の耳に顔を近づけた。

「高木さーん、娘さんが来ていますよー。きこえますかー」

遠くの人に呼び掛けるように声をあげた。父の頭が少し動いた。

「さあ、どうぞ呼んであげてください。声は聞こえているはずですから」

冴子は父の手を握った。かさついた皮膚が冴子の掌を刺激する。ハンドクリームを塗らないと。ぼんやり思いながら、父を見た。白く産毛の立った耳朶の小さな、寂しそうな耳が冴子の目の前にあった。これが父の耳。父の耳はこんな形だったか。記憶を呼び起こすがはっきり分からない。冴子は少し息を整え、待ち受けている耳に向かって唇を動かした。

「お父さん、冴子です」

声が震えた。

父の反応はなかった。冴子は主治医から父の病状の説明を受けた。癌は全身に転移していてよくてあと一月、もしかしたら明日にでも容体が変わるかもしれません、と主治医は言った。主治医に言われなくても父の命が消えかけているのは分かった。

どうにか間に合ったのだと冴子は安堵していた。亡くなってしまってから知るより、ずっと良い。父がどこかの街の道端でボロのようになって死んでいるのではないか。ときおり父を思い出すと、その光景が頭に浮かんでしばらく消えなかった。

畑さんが代理をしてくれていた病院の必要書類にサインをした。何があっても文句を言いません、というような書類ばかりだった。

玉代さんと病院を出た。

「……私の主人も幼い頃から病弱な人でした」

車内の重い空気を払いのけるように玉代さんは話し始めた。

「主人の母も体があまり丈夫でなくて、ようやく出来た一人息子でしたから、何とか結婚だけでもさせたいと思ったんです。ですから私は、初めから介護人として結婚したようなものです……でも、実家にいるよりは良かったから。年も取っていましたし。私も主人より年上なんですよ。だから弟みたいに思えて。優しい人でしたしね」

母がずいぶん年上だと父は話したのだろう。父は玉代さんや大家さんと親しくしていたようだ。父は孤独ではなかった、それなりに生きていたのだと冴子は改めて思う。

「主人は、後はよろしく頼むと言って逝きました。頼まれなくてもそうするつもりでしたから。主人の両親は良い人たちです。それが一人息子を亡くして、本当に気の毒で。ですから高木さんが来てくれて喜んでいました。良い人でしたよ、高木さんも」

父はどこか陰のある人で、ほっとけなかった。あるとき、母は言った。主治医だったし、私が付いていないと危なっかしくて。ほら、そういう男の人いるでしょう。だから結婚したのよ。お父さんはどこに行っても女の人に親切にされる、そういう人だから。ある時、母は思いを吐き出すように言っていた。

玉代さんは続けた。

「主人はね、あの家に住みたかったんですよ。親から離れて暮してみたかったんです、一人で。叶いませんでしたから。大学は六年かけて何とか卒業したんですが、就職は出来なくて。一人息子だし体も弱いし、とても遠くへ出せなかったんですよ。義父の知り合いの所で働いたりしていたんですが、結局それも続かなくて。一人前の男になるのは夢のまた夢でした、主人にとっては。ですから、あの家は主人の夢の名残みたいなものです……見合いで、子供も望めない結婚でしたけど、一緒にいれば情も湧きます。かわいそうな人でした」

その人の夢の名残の家に父は心を惹かれた。そして冴子もあの家に誘われるように鍵を開けた。冴子は父親似だとよく言われた。母親似の兄は、母と同じ職業に就き同じように仕事一筋に生きている。冴子はそこまで頑張らない。何事もほどほどで済ませる。あなたも頭は悪くないのにねえ。母は冴子の成績表を見て溜息をついていた。頑張らないのではなく頑張れないのだといつの頃からか気付いた。

あの家が目に付いたのは、父が冴子を呼んだのかもしれない。

玉代さんが何か言っている。

「奥さんが来たことがあります」

「え」

「仲がよさそうでしたよ。一緒に住めばいいのにと思いました。夫婦は一緒に住まないと。そうできないわけがあるのかもしれませんが。高木さんも意外に頑固で。体の弱い人は妙に頑固になることがあるんです。心まで病気になるというか。それで私も、主人によく困っていましたから」

玉代さんは何かを思い出すように微笑んだ。

いつだろう。

「ここに来て間もなくだったと思います。挨拶をしに来られましたから。ご主人は放浪が好きで、気ままな人だからと笑っておられました」

驚きが治まらない冴子をのせたまま、車は停まった。

玉代さんに送られて父の住んでいた家に向かう。畑さんの家の裏側からは、すぐのところに細長い壁が見える。声を掛ければ返事が返ってくる、そんな距離だ。

「近いんですね」

思わず冴子は言う。

「ええ。蔵があった所です」

答えた玉代さんの頭上でカラスが鳴いた。何か話しかけているように聞こえた。

「今はないから」

玉代さんは両手を広げて振って見せた。

「おにぎりが好きなんですよ、あのカラス」

カラスは木の枝に止まって、玉代さんを見ている。よく見るともう一羽、木のてっぺんに止まっている。カア、カア、カア。交互に鳴く。早くちょうだいと催促しているようだ。

「高木さんがね、餌付けしたんです。食べかけのおにぎりを投げてみたら、さっと飛んできて咥えたそうです。それが気に入っていつも来るって言ってました。カップシ入りが特に好きで、番で来るんですよ、いつも。カラスは夫婦仲が良いんですって。一生添い遂げるそうです」

　あの家の屋根にとまっていたのはこのカラスだったのだろうか。二階の部屋にいる冴子に呼びかけるように鳴いていたのはこのカラスだったのだろうか。

「カラスが教えてくれたんですよ、高木さんのこと。庭に出ると煩いくらい鳴いていて。いつもとは違う鳴き声で、見てみると、二階の窓の前でカラスが騒いでいたんです。それなのに高木さんが出て来ないから胸騒ぎがして、見に行くと倒れていたんです」

　そのままにならなくて良かったけれど、もう少し早く気付いていれば。玉代さんは言った。

「主人もカラスが好きでした。餌付けまではしませんでしたけど。どこがいいのか、体の弱い人はカラスを好むんでしょうかね……」

　そんなことはないんでしょうけど、カラスを見ると主人を思い出すんです……玉代さんはカラスの向こうの空に視線を送った。

　この人は、父と一緒にカラスと遊んだのだろうか。仲良く二人で餌を与えていたのだろうか。いったいどれくらい親しかったのだろう。父はどんな笑顔を見せていたのだろう。

　思い乱れながら冴子は玉代さんに礼を言い、別れの挨拶をした。

　疲れていた。少し休みたかった。玉代さんの姿が見えなくなると車に乗り込み、シートに背をあずけ目をつぶった。

一度にあまりの事を知らされて、冴子は何も考えられない。少し眠ろう、そうして頭をはっきりさせよう。しかし、脳内のあちこちに火花が飛んでいるようで眠れない。こんな時にはお酒を飲めばいい。坂の途中にコンビニがあった。父の好きだったワンカップを買おうかと一瞬思う。しかし、運転がある。冴子はハンドルにもたれて頭をのせた。全身の力が抜けていく。やがて少し落ち着いて、車のドアを開け外の空気を吸った。

父のいない蔵に似た家は静まり返っている。もう一度父の住んでいた部屋を見てみよう。冴子は鍵を取り出してドアを開けた。二階の部屋へ向かう。

改めて見ると、ベッド傍の床はきれいに片付いていた。ここで父は倒れたのだ。壁際に服を入れた箱や細々とした物が並んでいる。きっと玉代さんがやってくれたのだろう。初めてこの部屋に入ったとき、案外片付いていると思った。父は掃除などしない人だった。誰かほかの人の手が入っているのではないかと初めから感じていた。

窓を開ける。辺りを見回すがカラスの姿はない。今は近くの森で羽を休めているのだろうか。父はどんな声でカラスを呼んだのだろう。名前を付けていたのだろうか。

冴子はこれまで、カラスを可愛いと思ったことはない。ごみを出すと襲ってくる、いやな鳥だった。近づいてくると意外に大きく、まるで黒い飛翔体が空から降って来るみたいに迫力があった。尖ったくちばしは凶器そのものだ。

餌をやるなんて、考えたこともない。

いつから父はカラスが好きになったのだろう。それほど寂しかったのだろうか。いや、人間よりもよほど鳥の方が付き合いやすかったのだろうか。

冴子は父の机に視線を移した。改めて見ると、冴子の使っていたものより一回り小さく、引き出しはない。飾りのひょうたんも少し歪んでいるし、仕上げも雑だ。父の腕はずいぶん衰えている。病気のせいなのか、年のせいなのか。そんな体で大工仕事をしていたのだろうか。頼まれれば断れない父だった。

椅子に腰を下ろす。ぎい。軋んだ音が部屋に響いた。

お腹が鳴った。腕時計を見ると午後三時近かった。冴子はバッグからおにぎりとお茶のペットボトルを取り出した。

病院で主治医を待つ間に玉代さんが買ってきてくれたものだ。おいくらですか？ という冴子に、四百円いただきますと微笑んだ。

父が好きでカラスも好きだったというおにぎりを、冴子は食べはじめた。梅干し入りのおにぎりはすぐになくなった。お茶を飲み、もう一つを食べようかどうしようかと見つめた。

ばさばさと音を立てて窓辺に黒い影が舞い降りた。カア、カア、カア。おまえはだれだ。なぜここにいるのか。問い質すようにカラスは繰り返す。

カラスは冴子に向かって威嚇するように羽根を広げた。大きい。怖くなった冴子はおにぎりをカラスに向かって投げた。おにぎりは窓際の壁に当たり、セロハン紙が破れた。

カア、カア、カア。いっそう激しくカラスは言う。

冴子は立ち上がり、転がったおにぎりを拾おうとした。音を立ててカラスが迫る。嘴が冴子の手に近づき、思わず大きく手を払った。鋭い痛みが走った。おにぎりにカラスが飛びつく。大きな羽搏きに冴子は身体を縮めた。おにぎりを素早く咥えたカラスは、冴子を威嚇するように部屋を旋回すると窓から飛び去った。

急いで窓を閉めた。この家はカラスの家になっている。早く出よう。冴子は階下に降りた。

車に乗り込んで一息ついた。右手の甲に細く血が滲んでいた。ハンカチで傷をしばる。服に黒い羽根が付いている。いつの間に付いたのだろう。冴子は羽根を捨てようと窓を開け、手を止めた。いや。捨てることはない。これはカラスの置き土産だ。

冴子は羽根を見つめた。

そうか。カラスは自分の縄張りを守りたかったのだ。父と自分の住処を守りたかったのだ。長い間忘れておいて、いまさら勝手に上がり込むなと言いたかったのだ。
冴子は羽根をテイッシュで包みバッグに仕舞った。
この羽根を母に見せよう。
冴子はハンカチを巻いた右手でエンジンをかけ、アクセルを踏んだ。

48号（2020年）

しょっぱい骨

汐見弘子

福岡県　筑紫山脈

眠れないのよ。

夜中にコツコツ、コツコツって音がするの。コツコツ、コツコツ……。想像してみてよ。そうでなくても田舎の古い家だもん、鼠だかイタチだか屋根裏をゴソゴソ動き回る気配だってしてるし、歪んだ家は歩くたんびに箪笥も障子もカタカタ、コトコト軋み続けてるわよ。でも違うのよ。そんな音とは違うの。夜中に聞くあの杖の音の不気味さったら……。ずらりと並んだ遺影に見下ろされて私、息を殺してるのよ……。

せわしなく菓子盆の中に手を伸ばしながら芙美子は喋り続けている。もう小一時間は経つ。その間恵子はただ相槌を打つ事に終始する。

「そうね」

「まぁ……」

「そらぁ、きつかったねぇ」

芙美子は二度、三度、コーヒーで喉を潤しながら喋り続ける。

ドスッ。ベッドから起き上がって畳に勢いよく杖を突きたてた。カタッ、スーッ。今、障子を開けた。居間に移動中。カタッ、カタッ、今、廊下を歩いている。ギーッ、今、トイレのドアを開けた。

日毎、足元が覚束なくなってるのを見てるし、起きがけで意識が朦朧としているはずだから転んで骨折でもして、そのまんま寝たきりにでもなったらどうしよう、あれこれ考えたらよく眠れないの。それが二度、三度繰り返されてそのままうつらうつらしてたら朝よ、もう朝。

そしたらカッタンという音がして、それは建て付けが悪くなった障子を握りこぶしで叩いて直している音なんだけど、その後スリスリと小刻みに足音を忍ばせて私の方に向かってくるわけ。ちょうど十六歩数えたところで襖がスーッ。きっかり十六歩。それからカチカチと二度、蛍光灯の紐を引く音がして、一気に部屋中が眩しくなって、もうそれからは……。

朝一に汲んだ水を仏壇にお供えする音。続けてお茶。マッチを擦る音。そして線香の匂いがしたと思ったら止《とど》めがお鈴《りん》よ。チーン、チーン、チーン。この音がまた遠慮がないというか、でかいのなんのって。あれ絶対あたしに当て擦りしてるのよ。

「おばちゃん、ただ耳が遠なっとうだけじゃなかとぅ?」

つい、口を挟んでしまった。

違うわよ！ だったらさ、何でわざわざスリスリ足音を忍ばせて入って来る必要があるわけ。ハァーッ? 携帯のアラーム音だと思え? そんなこと言わないでよ。アラーム音は調整できるけど母親のお鈴はそうはいかないんだから。

ほら、あの八日踊りの鐘よ。頭に鉢巻を締めてド派手な帯に真っ赤な襷がけで、股引に浴衣の裾を尻まで端折って、集落の小父ちゃんや小母ちゃん達が踊ってたじゃない。鐘を胸のところにこう抱えてさ、カンカン叩いてたじゃない。あの音。えっ、今も八日踊りやってるの！　へっ！　へーっ！　とにかくさ、あれは絶対こうやって頭の上から振り下してるわね。じゃなきゃ、あんなにでかく鳴るわけがないもん。あれはわざとよ。早く起きて朝ご飯を作れ、って催促してるのよ。でもね私、すぐには起きないことにしてるの。何が何でも七時までは絶対起きないって。そうじゃなきゃ私の、この私の身体が持たないのよっ！

芙美子はふーっと大きく息を吐き、テーブルに手をつき立ち上がると、台所から竹籠に蜜柑を盛って来た。

「けっこう甘いよ、この蜜柑」

「どげんしたとぉ？」

「昨日、広島の妹から届いた」

「あら、裕子ちゃんからね。元気じゃっと？」

「うん、どうにかやってるみたいよ」

同級生の芙美子が母親のカズエの介護で島に帰って来てそろそろ三カ月になる。

芙美子は決まって金曜日に電話をくれる。

「恵子、あたしよ。ね、明日予定ある？ 無かったらうち来ん？」

島を出て三十数年、芙美子はすっかり福岡訛りが強くなった。だけど「恵子」だけは昔のままのイントネーションで「けぇこぉー」と語尾をもち上げる。すると恵子は一気におかっぱ頭の無邪気な少女の頃に引き戻されてしまう。それは芙美子も同じことで、幼馴染みの恵子になら、本音であけすけと何でも話せるのだった。

恵子に休日の予定があるとしたら録画しておいたドラマを見るくらいの事だ。洗濯も掃除も一人住まいの身では休日を充てるほどのこともない。

「予定なんか、なぁいも無か」

間延びした恵子の声を聞くと電話の向こうで芙美子はクスリと笑った。

「じゃ、朝ドラ見たらおいでよ。お昼は冷凍うどんがあるからそれでよかろ？ 待ってるから」

水曜と土曜の週二回、カズエはデイケアサービスを利用している。初め渋っていたものの元々家にじっとしているタイプではない。今では予定時刻の三十分も前から野菜集荷用のコンテナを椅子がわりにして庭先で迎えの車を待っている。

本土と島の間に架かる約五百メートルの橋を渡って車で十五分、集落は島の南に位置し、小高い山に挟まれた谷間《たにあい》にある。十月上旬の今、川を挟んで西側にある芙美子の家は朝の九時半を過ぎてようやく陽が射し始める。車が何とか通れるだけの小さな橋を渡って恵子が着いた時には既に橋の欄干には布団が、庭の物干しには洗濯物が干されていた。紅梅、紫木蓮、百日紅、金木犀……、樹木類が多く植えられているのに広々とした庭は清々しい。つい最近まで生え放題だった雑草が芙美子の手によってきれいにむしり取られている。所々土が掘り返されているのは花でも植えるつもりなのだろうか。

芙美子の家は恵子の家から歩いて五分もかからない。

「おはよう」

ガラガラと引き戸を開ける。田舎の家はどこも鍵をかけない。

島に帰ってきた当初、つい習慣で鍵をかけてしまって、と芙美子がぼやいていたことがあった。

「朝の七時過ぎに玄関を叩く音がしてびっくりよ。有難いやら迷惑やら……」

今、島をあげて孤独死問題に取り組んでいる。近所の住民が一人暮らしの家を出勤前に訪問し、安全を確認してくれているのだった。

「今後は朝の訪問はけっこうですって断ったわよ。でも近所のばあちゃん達が朝早くから野菜を届けてくれたり、行商の魚屋がドアをガンガン叩いたりで、そのたんびに起きるなんて出来やしない。結局鍵なんかかけなくなっちゃった」

勝手知ったる友の家である。恵子は南国特有の敷居の高い上り口に手をつき、這うようにして上がる。そしてレースのカーテンを捲り、外の様子を窺う。山の斜面にへばり付くように民家が建ち並び、辺り一帯を朝日が優しく照らしている。静かな土曜の朝だ。出勤する車も走らない。時折、鳥の囀る声がする。

「何がいい？ コーヒー？ お茶？」

「コーヒー」

「コーヒーね。今日のコーヒーはコロンビアよ。苦みと酸味のバランスがよくてクセもないから後味すっきりよ」

台所は居間より一段低くなっていて間仕切りのガラス戸は開け放されている。すぐに台所から芳しい香りが漂ってきた。

「コーヒーの香りがよかね。インスタントじゃこの香りは出らんもん」

「そやろ。まずは香りを召し上がれって、ね」

「甘納豆持って来たいどん、コーヒーには合わんね」

恵子はいつも何かしら手土産を持って来る。

「よかよか、何も要らんよ。そげん気を使わんでよ」

白いマグカップに入ったコーヒーを芙美子が座卓に置く。

「はい、どうぞ」

「家、きれいにしのべょんね（片づきよるね）」

恵子はこれまでも芙美子に頼まれて家の様子を見にいっていたのだが、八十七になる老人の一人暮らしだ。広い家も庭も散らかり放題、物で溢れ返っていた。

「最初は気が遠くなってさ。今まで正月とか盆に帰ってきても二、三日過ごすだけで、その時も気になってたのよ。でも見ないふりしてた」

二年前、恵子に集落の隣保班長の役が回ってきた。毎月出る町報を配布したり、集落費を集金して回ったりするのだが、ある独居老人の家では居間にポータブルトイレが置いてあり、その横には食卓がある。臭気漂う中で全てが一部屋で済むんだと満足気に語る老婆はその昔、八日踊りの名手だった。

「老人の一人暮らしの家なんてどこん家もおんなじじゃあが」

「台所なんて大変だったんだから。ひたすら捨てて、また捨てて。無我夢中だったんだけど、ひとしきり捨て終わったら次はコンテナよ。庭にも納屋にもＪＡだの南方青果だののコンテナが積まれていてね。それを野菜集荷場まで猫車で何度も運んだの。全部で三十八個よ。三十八個。終わった時には腰に来てたわよ」

最初、診療所から貰った湿布薬の山を見て芙美子はカズエを叱ったのだという。だが気がつけば、この三カ月、湿布薬を一番使ったのは芙美子だった。もう残り少ない。そろそろ来週あたりカズエを連れて貰いに行かなきゃ。憂鬱の種がまた一つ……。

自称カフェイン中毒の芙美子はコーヒーポット、デカンタ、フィルター、コーヒー、諸々を福岡の娘に送らせたという。

「この島じゃ車が無いと囚人と一緒ね。何しろこの時代にインターネットが使えないんだからね。巡回バスも走っちゃいるけど、島の中だけだし。走ってないよりはましだけどさ。お婆ちゃん達に混じってバスに乗って買い物に行っても、帰りのバスの時間まで正味四十分しかないもん。役場、診療所に用があればまた次の日に出直しよ」

「芙美子、何かあればいつでん車は出すでぇね」

とは言ってみたものの、平日は役場の住民課で働いている。非正規職員とはいえ、休みはそうそう取れない。恵子が車を出せるのは土、日に限定される。

「有難う。福岡では通勤は電車だったし、スーパーなんて徒歩圏内にあったし、郊外の大型ショッピングモールは息子の車で間に合ってたし」

芙美子の娘は既に結婚して家を出ているが、息子は芙美子と同居している。今はアルバイト暮らしだという。しっかり者の長女に比べ未だアルバイト生活を続ける息子が心配なんだと芙美子は言う。

「あっちもこっちも心配の種ばかりたい」

芙美子は甘納豆をポイポイ口に入れながら愚痴る。

その昔、痩せっぽちで漫画の「ポパイ」の彼女に似ている事から、「オリーブ」と言われていたことなど誰が信じるだろう。今の芙美子は背中にも腰回りにもたっぷりと贅肉を溜めこんでいる。恵子の髪も今では流行りのグレイヘアだ。

初めて真空パックの挽きたてコーヒーが届いた時、芙美子はすぐに電話をくれた。その日も今日のように芳しい香りが台所から漂っていたものだ。

「ふうーうんまかー！」

あの時、入れ歯を外したカズエの第一声に満足気に芙美子が言った。

「うんまかろ、母ちゃん。こいから毎日うんまかコーヒーを淹れてやるね」

あれから三ケ月、帰って来た娘を見て安心したのか徐々に認知症が進み始めた母親を抱え、芙美子は今コーヒーをがぶ飲みしながら不眠症と闘っている。

バス停が家の前というのも考えものだ。カズエは芙美子の目を盗んではバスに飛び乗ろうとする。診療所、役場、Aコープ、毎朝それなりの用事を思いつくようだ。だから九時のバスが出るまではカズエから目が離せない。

「今日は坂上のトメノおばんが遊びに来るってよ」

とか
「大根の種蒔きをしたいから畑打ちを手伝って」

とか、あれこれ用事を作ってはカズエの気を紛らわすようにしている。それでも駄々をこねる時はあきらめて町まで付き合うしかない。

巡回バスの乗客はほぼ老人である。それもほぼ顔見知りときている。だから車内は賑やかこの上ない。バス停で客を拾う度に大きな声が行き交う。

「おはようございます」

「きゅうはどけいくとな？（今日は何処へいきますか？）」

さながら老人達の遠足のようだと物珍しげに車内を観察していた扶美子だった。それが何度も乗っている内に声を掛けられるようになると面倒で仕方ない。カズエを前の座席に座らせると扶美子は後部座席に座る。視線はあくまでも窓の外に移し、極力乗客と目を合わせないように深く腰を沈める。

バスは普段なら行かない海岸沿いや小高い山の上の集落を巡る。

「今から急な坂道じゃ。卵を買うた人は落とさんごとしっかり抱きしめときやい」

「そこは、プロの運転士の腕の見せ所じゃら」

運転手と乗客の掛け合いにクスリとする事も度々ある。

カズエがデイケアサービスに出かけて不在だったり、家にいても機嫌よくテレビを見ていたりする日は庭に出て草をむしり、花の手入れをする。

買ってきた菊花の切り落とした茎は挿し木にすると良いと教えてくれたのは恵子だった。ブーゲンビリアは空き家になって何年も経つ家の庭から一枝失敬してこれも挿し木にした。スイートピーにルピナスの種も蒔いた。花好きだった父親に似たのか、庭に屈みこんで草をむしり、花を育てている間だけは無心になれた。

福岡のマンションではプランターで花を育てている入居者も多かったが、日々時間に追われていた芙美子はそんな気にはなれなかった。

天気予報などに頼らず、その日その日、空を見上げては水を遣り、草をむしる。その繰り返しが芙美子の焦燥感を和らげているのは確かだった。

洗濯も同様で押入れの中の染みの浮き出たシーツは漂白し、使えそうな毛布は片っ端から洗って干した。干し上がったシーツや毛布や布団を縁側へ放り込む時の爽快感がたまらない。

「ないばそげん洗うとか」

庭中に干されたシーツを見てカズエが言う。

「今においも洗濯機で回すとか?」

カズエの一言につい、にやりとする。

築百年という芙美子の家はこの辺りでも一番古い。

「東方の方にあと一軒古い家があっどん、あれが建て替わったらこん家が島で一番のおんぼろ家じゃ」

それがカズエの口癖だった。カズエはこの古家を恥じているのではない。むしろ自慢しているのだった。材木は全て山元家が所有する山の木を伐り出した。戦後に建った家とは違う。この梁の太さを見ろ。カズエは嫁に来て姑から教わった事をまるで自分の手柄のように繰り返し、繰り返し、二人の娘に言い伝えてきた。

島は元々東方町と西方町に分かれていた。市町村の合併で一つになったが住民は今でも東の人間、西の人間と区別する。

「本日十時から文化ホールで開催されます。入場料は無料となっております。どなたでも入場できますので、どうぞご参加お願いします」

有線放送は町内の小、中学校の合同合唱コンクールの案内をしている。ゆったりとそれでいて独特のイントネーションである。集落にあった小学校は昨年の春、百三十五年の歴史に幕を下ろした。最終年度の全校生徒は七名で、児童の減少に歯止めが効かず、有効な手立ても思いつかないまま、あれよあれよという間に閉校に至る。

いつものように朝ドラを見終わった恵子が訪ねていくと芙美子は早々に炬燵を出していた。炬燵にはこの家にそぐわない鮮やかな花柄のカバーが掛かっている。恵子は中座敷から縁側に出て外を見る。ただ突っ立って庭木の隙間から往還を眺める。そしてそのまま仏間に回る。この家に来ると恵子はいつも無遠慮に家の中を見回してしまう。太い柱や鴨居や古びた床の間を、まるで温泉旅館にやってきた客のように繁々と見渡してしまうのだった。

「やっぱい、こん家はよかね。なんか落ち着く」

「そげん物珍しげに見ても何もなかとに。恵子、ほら炬燵に入って足を伸ばしぃ」

週末、二人で過ごすようになって四カ月になる。家の中にばかりいてもしょうがない。たまには散歩にでも行こうかという話になっていた。子どもの頃の遠足みたい、ついでにお握りでも持っていけば本当の遠足みたいだと二人で話したのが先週の事だった。

一休みした後、お握りの入った手提げを持って家を出た。今日の目的地は隣の「馬篭」集落である。廃校になった小学校を過ぎると畑の隅や道路脇にコスモスが揺れている。小春日和である。ぶらぶらと手提げを振って良い歳をした女が二人、連れだって歩く。

この集落も空き家が目立つ。ポストの後ろの廃屋はこの集落でたった一軒の商店だった。今では庇の瓦はずれ落ち、色褪せたカーテンが下がったままだ。

「福岡の家がどうしても気になるのよ。コンビニだって何だってあるから息子は食べるには困らないけど、家の中は散らかり放題だろうし。それにいつまでもここで遊んでられるような身分じゃないし」

外へ出たからといって話す内容は変わらない。この話を芙美子から聞くのはもう何度目だろうか。それでもいつもと口調が違って感じるのはこの陽気のせいかもしれない。

「芙美子、いっその事こっちで仕事を探してみればどげんね。本土まで行けば事務の仕事もあるかもしれんし」

「無理よ。そしたら車だって買わないかんし。それにペーパードライバー歴三十年だもん」

「あぁ……」

それからまた二人でぶらぶらと歩く。道路にはカラスが食い散らかしたアケビの皮が散らかっている。

「ねえ、恵子、煩わしいったらありゃしない。どうして田舎の人達ってこうも無遠慮なのかしらね」

この話も何度も聞いた。恵子に言わせればそれは当然の事だ。話題がないのだから何か異変があれば敏感に反応する。庭先にいつもと違う車が停まっていたとなると素早くナンバーをチェックされ、それが二日、三日となればざわつく。まして芙美子のように一月以上の滞在となれば格好の噂の的になる。何かあったとじゃろか。もしかしてこのまま帰ってくるつもりじゃろか。

「昨日もバスに乗ったら、男ん衆《し》（ご主人）をいつまでも独りで置いといて大丈夫ね？だと。嫌になる」

　そんな時、芙美子は苦笑せざるを得ない。夫とはとっくの昔に別れているし、別にそれを隠していた覚えもない。

「知ってるくせにさ、とぼけたふりをして」

　福祉課の説明によると老人ホームの待機は二十人前後らしい。それが一体どれくらい待てばいいのかという話になると要領を得ない。申し込み順と緊急性に鑑みて決定されるという。

「それでもこっちとしては大まかな目途が無いと……。恵子、あんた一人でお母さんの面倒みて、そしてきちんと見送ってさ。恵子、あんた立派だよ」

　芙美子はやたら「立派だよ」を連発する。立派なものかと恵子は思う。何一つ親孝行などしてやれなかった。結婚してこの島に親戚とやらを作って、子どもをばんばん産んで島に根をはって、そう、「地の者」になる事を母親は望んでいたのだから。

若い時幾つかあった縁談も恵子は悉く断った。やっぱり余所者《よそもん》は気位が高いとか散々な言われ方もしたが、それは強ち間違ってはいない。持ち込まれる縁談のどれもこれもが疎ましい相手ばかりだった。

「ねえ芙美子、墓はどげんすっと?」

墓? どうしたのよ、急に墓なんて。私、死んでも墓やら要らんし。今だって子どもと母親の間を右往左往、手枷足枷でがんじがらめなのにさ、何で死んだら死んだで、あんな重たい石で押さえつけられなきゃなんないの。まっぴら御免。漬物じゃあるまいし。私さ、死んだら空を見上げてゆっくりしたいのよ。だから樹木葬にするって前に話したよね。

恵子。それがさ、とてもいいところなんよ。初めて行った時、ちょうど霊園の社員さん達が山桜の苗を植えてる時でね、ほらソメイヨシノなんて樹齢は高々百年っていうけど、山桜は何百年っていうじゃない。昔、会社の同僚と行った阿蘇の一心行の大桜を思い出しちゃってさ。あんなふうに大きく枝を広げた山桜に抱かれて眠り続けられるんだと思うと何の迷いも無かったなぁ。

「芙美子、早うから墓の準備をすれば長生きするるっち言うでか、芙美子はてげな長生きじゃっどわ」

「恵子も同じじゃら。墓はあるし長生きするよ」

二人で顔を見合わせて笑った。

若い頃は、いやほんの数年前まで長生きしたいなどと考えた事はなかった。むしろその逆で老いて生き続ける事に嫌悪感さえ抱いていた。それが今ではどうだ。「健康で長生き」を公言してやまないのだから変われば変わるものだ。

「その墓じゃいどん」

おもむろに恵子が切りだす。

恵子の両親は沖縄からの移住者だった。父親は焼き物に興味を持ち、高校卒業後は佐賀や萩の窯元で修業し、その後この島に移り住んで恵子が生まれた。島の土が焼き物に適していたからだという。恵子の父親は主に皿やどんぶりなどの生活雑器を作っていたのだが、陶芸展で名誉ある賞を受賞し、新聞で「島の陶芸作家」として取り上げられた。新聞記者が取材に来た時はちょっとした騒ぎだった。恵子は受賞した作品を前にはにかむ父親の顔を今でもよく覚えている。恵子が役場に採用されたのはその後だった。小、中学校の生徒相手に焼き物体験実習を引き受けたりしていたから、その時の縁で父親が頼み込んだのだろう。

あの頃が一番楽しかった。年に一度の個展のために父親は精力的に仕事をこなし、一躍時の人となった。

すっかり地元に馴染んでいたはずの一家だった。延々と続くと思われた安穏の日々も父親の死で終焉を迎える。

母親は集落の共同墓地に埋葬できるように、集落長に根回しをし、村人全員の承諾を貰うのに一苦労する。厳かな紫と白の金地の箱に包まれた遺骨が仏壇に据え置かれたまま、一年がたった頃、漸く集落の共同墓地に埋葬が許可された。その時母親は呟いたものだ。

「これでようやく地の者になれる」

それなのに芙美子はこの地では眠らないという。黒御影石の他を威圧するような「山元家の墓」には眠らない、漬物石の下なんかまっぴらだと。だったら漬物石の下に潜り込みたくて必死にあちこち頭を下げて回っていた自分の母親はどうなるのだろう。

「芙美子、骨壷じゃいどん」

骨壷なんか要らないわよ。樹木葬はね、本来土に還るのを目的としているから、あんな陶器やガラス製の壷は使わないの。木箱とか紙箱とか腐って土に還るような、そういうのに骨を入れて穴掘って埋めるのよ。

芙美子は霊園の有能な営業マンのようだ。止むことなく話し続ける。

「ね、芙美子。芙美子のお父さんの骨壷開けて見せてくれんね」

唐突な恵子の申し出だった。

「骨壷? 何で! 骨なんか見てどうすんのよ! 恵子、あんたまさか……」

「心配せんでよか、そげんとじゃなかで」

恵子が異変に気付いたのは二カ月前だった。

夢を見たのだった。

両親が枕元でさめざめと泣いていた。

その週末恵子は墓に行っていた。以前にも夢見が悪かった時、花立てから花が抜かれていた事があった。カラスの仕業だった。今度もそうなのかもしれない。果たして何の異変もない。恵子はいつも以上に丁寧に石塔を拭き上げ線香を手向けた。それでも両親は夢枕に立ってむせび泣く。恵子はこれまで以上に朝晩仏壇に手を合わせ、墓に行く。暫く手を合わせて話しかける。そして覚悟を決めた。石塔の後方に回り扉を開け覗き込む。異常なし。次に父親の骨壷を引き出す。骨壷の蓋は針金でしっかりと縛られていた。が、抱えた瞬間に違和感があった。恵子は恐る恐る針金を外し、中を覗き込む。壷の中程まで水が溜まっていた。今度は母親の骨壷を開ける。同じだった。中に溜まった水を捨て、蓋をして針金で縛る。それから度々恵子は墓を訪れ、線香を手向け骨壷を覗く。

落ち着きを取り戻した芙美子は納骨堂の継ぎ目から水が洩れているのではないかと言う。そんなはずはない。骨壷の蓋は毎回厳重に針金で縛っている。水など入りようがない。

「もしかして骨が古くなって水になったとか。なるほどね。それをうちの父ちゃんの骨壷をみて確認したいってわけね」

芙美子は納得してくれたようだった。芙美子の父親は恵子の父親より十年程早かった。

「いやー、でもさ、それってどうなのかな。骨壷なんか開けていいわけ？っていうか、あんまり聞かないよね、骨壷開けるってさ。それに村の共同墓地ってあんな山の中だし、薄気味悪いし、暗いし……」

最後の抵抗を芙美子は試みる。

「恵子、そんな目で見ないでよ。分かった。分かったから。じゃ今度の土曜日に行こう。その代わり天気が良かったらね。曇ってたりしたら私イヤだからね。その時は延期だよ」

恵子は満足げに頷いた。

「それより、お腹すいてきた。どっかでお握り食べようよ」

遠足はまだ終わらない。


芙美子の願い空しくその日は上々の天気だった。庭に咲く小菊の束を抱え、線香、蝋燭にチャッカマンを入れた手提げを持って恵子はやってきた。

恵子がいつものように芙美子の家の玄関をガラガラ開けると浮かぬ顔の芙美子がいた。

「もう少し陽が昇ってからにしようよ。上りぃ。コーヒー淹れるから」

勧められるままに恵子は上がり込む。

「花は芙美子の家の分もいっぱい持ってきたでえね」

安らかに眠っている仏様を起こしてしまうのだ。恵子の精一杯のお詫びの気持ちだった。

「ありがとう」

芙美子は新聞紙に包まれた小菊に目を遣る。上り口に薄紫の小菊が一抱えも置いてある。

「あのさ、今朝、あそこの嫁さんにゴミの出し方を注意された」

芙美子が窓の外を顎でしゃくった。

「京子？」

「そうよ。もうびっくりよ」

芙美子の浮かぬ顔の原因は他にあったようだ。

「出し方がなんち？」

「決めた曜日に出して下さい、だと」

竹居家の嫁は「島にお嫁においでよ☆大募集」企画に応募してきて、七年前にこの集落の勝と結婚したと聞いている。その時男性十二人に対し、応募してきた女性は七人。結局結婚までいったのは竹居勝と京子、それともう一組で、勝は当時４０代半ば、ＪＡで働きながら休日は両親と共に馬鈴薯と米を作っていた。

勝はやや薄くなった頭髪に小太りときている。すっかり結婚は諦めていただけに、東京生まれの嫁さんに目尻が下がりっぱなしで、尻に敷かれるのも早かった。この二組の結婚は町報でも大きく扱われ、当時はちょっとした有名人だったと聞いている。その京子は今ではこの集落だけでなく島の若妻会のリーダー的存在になっている。

「今朝、つかつかと橋を渡ってきたと思ったら作り笑いを浮かべて、狭い村ですからくれぐれもよろしく、だと」

勝の嫁は都会からきた人にしてはさっぱりとした女性で、勝にはもったいないくらいだと恵子から聞いていた。

「こっちは初めましての挨拶に来たのかと思ったわよ。目と鼻の先に住みながら会う事もなかったし。それが初対面であれだもん。なんだかさぁって感じ」

「今、若妻会では島の美化に取り組んどってか、ゴミの件もそいで言うてきたとじゃっどわ」

別に生ごみを出したわけではない。着なくなったカズエの衣類や不用品を規定の収集袋に入れて出したのだ。出し忘れがないように袋詰めしたらすぐに収集小屋に出していた。ここに来てからずっとそうしてきたし、今まで誰にも文句を言われたことはない。

芙美子が釈然としないのには理由がある。

収集小屋は山元家代々の田んぼに建っていた。ゴミ収集が始まった時に収集小屋をどこに作るかで随分揉めた。誰もが自分の土地は提供したがらない。集落は縦に長い。最低でも二ケ所は必要で一ケ所は野菜集荷場の隅に決まっていた。あと一ケ所がどうしても決まらない。困り果てた集落長に芙美子の父親が田んぼの一部を貸し出す事を申し出た。それからすぐに二坪ほどの簡素な収集小屋は建てられたのだった。

「そらすみませんでした。以後は気をつけます」

とは言ってみたものの、芙美子は釈然としない。収集小屋の件は勝はともかくとして勝の両親は知っているはずだ。

「でも、あそこのゴミ収集小屋は家《うち》の土地じゃってでな」

芙美子は言わずにはいられなかった。

「さ、そろそろ行こうか」

恵子に促されて芙美子は線香に蝋燭、それに竹ぼうきを持って恵子の後からついてきた。

橋を渡り坂道を登る。向かいの坂道を挟んで両脇にへばり付くようにして民家が建っている。左側の家が京子と勝の家だった。二階建ての本格的日本家屋の奥にはオレンジ色のトラクターが納まった納屋が見える。

坂道をどうにか登りきったところで道は左に折れる。この辺りから農道の両側は竹林に変わる。さわさわと笹ずれの音がしたかと思うとギーッ、ギーッ、チチチと空をつんざいて獣とも鳥ともつかない鳴き声がする。

平坦な道がしばらく続き、さらにそこから脇道に逸れる。ここからの登りがきつい。

「ねえ、恵子、ちょっと待ってよ」

恵子はポケットから飴を取り出し芙美子に渡す。こんな坂道を恵子は毎週登るのだという。信じられない。芙美子は月に一回の墓参りが限界だ。いや、もっと信じられないのはカズエだってごく最近までこの坂を登っていたのだ。

墓地へ続く坂道の右手は昔、段々畑だった。今はすっかり荒れ果てていて石積みだけがその名残を残している。さらに登る。

「着いたよ」

恵子が振り返る。雛段状の墓地の入り口が見えた。入り口には水道が引かれている。柄杓が石積みの隙間に挿しこまれ、バケツが水道の蛇口に被さっている。バケツに水を汲み、柄杓を持つ。

恵子の家の墓は入り口からすぐの所にある。白御影の石塔に金文字で「金城家の墓」と刻まれている。ここに恵子の両親が眠る。恵子はバケツを下すと躊躇なく石塔の後ろに回った。屈みこみ手慣れた様子で石の閂を抜く。芙美子は一瞬息を呑む。

「大丈夫？」

声が上ずっていた。恵子が白髪頭を突っ込んで奥から骨壷を一つ引きずり出し、芙美子に手渡す。そしてまた一つ。陽は真上にある。この明るい空がかろうじて芙美子の平常心を保たせていた。

起き上った恵子が針金で括られた蓋を外す。

「ほらね、やっぱい溜まっとう」

芙美子は恵子の横に屈みこんで恐る恐る覗く。それはくすんだプラスチックの破片にしか見えなかった。

「水やら何も無かやんね」

恵子は立ち上がるとそのまま骨壷を抱え上げ墓地の脇に行った。そして壷をゆっくりと斜めに傾ける。とろりと透明な液体が零れる。

「ほら」

恵子はそのまま蓋を閉じ、丁寧に蓋を被せ針金で閉じている。また何処からともなくギーッギーッと声がする。

「恵子、あれ何ね？」

「百舌《もず》やろもん」

そんな事も知らないのか、と言いたげな恵子だった。

「あれが百舌？　なんか気色悪いね。死にかけの爺さんみたいな声」

「あぁ、昔から百舌はあげん鳴きよったぁよ。さ、今度は芙美子んところの墓じゃ」

芙美子は観念した。山元家の墓は上段の奥まった先にある。二、三日前の風で裏の杉山から飛んで来たのだろう枯れ枝が墓地の周りを埋め尽くしている。墓の前に立ち手を合わせる。そして石塔の裏に回る。恵子がしたように石の閂を外す。一つ、二つ、三つ、四つ、全部で八つの骨壷がひんやりとした穴蔵に整然と並んでいる。一番手前の新しい骨壷を引き出す。骨壷の正面に名前が書いてある。山元秀雄——芙美子の父親の骨壷だった。

「どげん？」

もどかしげに恵子が覗きこむ。ゆっくりと蓋を外す。大理石のような白い骨がこんもりと壷いっぱいに入っている。

「きれかぁ」

芙美子は思わず口にしていた。一番上に丸く被さるようにして頭蓋骨の一部が置かれている。生まれたての子猫の頭を撫でるように芙美子はその丸みにそっと手を置く。

「こっちに持ってきて揺すってみぃ。水はどげんね？」

恵子が言う。日を浴びて骨はさらに白さを増しキラキラと光を放つ。

「うん、水やら溜まってない。うちの父ちゃん、きれいな骨じゃ」

病弱な父親だった。人生の後半はほぼ病院のベッドで過ごし六十七で逝った。それなのに、見事な骨をしている。

「本当じゃ、芙美子のお父さん、きれいな骨じゃ」

骨壷を胸に抱き暫くそのまま佇んでいた。あんな薄暗いところじゃ父ちゃんは寒かろう。ほら日光浴よ。陽は真上にある。芙美子は父を抱き空に向かって翳す。

ほら、ほら、ほら。

それから二人で互いの墓掃除に取り掛かった。先に終わった恵子が小菊の束を持ってきてくれた。バケツに新しい水を汲んできて、花を替え、線香を供える。

「芙美子、うちのお父さんとお母さん、泣いとっとじゃろか」

花を替えながら恵子が呟く。

「なんがね、この文明の時代にそんな事があるもんね」

芙美子は否定してはみたもののもどかしかった。水は確かにとろりと流れ出たのだから。

「ねぇ、恵子、誰かに聞いてみたらどげんね。役場の人で物知りの人とかおらん？」

「そげんとば聞けばたちまち、あれこれ言われるとが関の山じゃ。最後は墓で骨壷を抱きしめとった、あれは変わり者じゃの、何のって言われてしまうと」

恵子の言う通りかもしれない。最初にこの話を聞いた時、仲の良い芙美子でさえ恵子の精神状態を疑った。

「帰ろうか、恵子」

来た道を引き返す。足元を見ながらゆっくりと下る。そして止まる。ふと顔を上げると斜め前方の藪の中に布切れが引っ掛かっている。立ち枯れたセイタカアワダチソウの中だった。色あせたオレンジ色の布切れ……、ゴクラクチョウカだった。人の背丈程に育ったゴクラクチョウカの葉は所々虫に食われ白く変色している。それが藪の中に何株も点在している。

ゴクラクチョウカは手のひらよりも大きな花を咲かせる高価な花だ。黄色、青、赤の花弁を持つその姿はまさしく南国の鳥と見紛うような美しい花。だが目の前の花は小さくみすぼらしい。生い茂る雑草の中で皮膚病に侵された身体を隠す術もなく虚ろな姿を晒している。

集落のあちこちにこんな所がある。昔、民家があったところが今では跡形もなく畑になっていたり、雑木が生い茂っていたりする。

そのまま道を下る。芙美子は背後に視線を感じて振り返る。笹ずれの音、百舌の囀り。

老いさらばえたゴクラクチョウカの赤い髪飾り……。

「ね、恵子、あっちの江良山を通って帰らん？ぐるっと遠回りして帰ろうよ」

芙美子は大きく息を吸いたいと思った。恵子はさっきから黙ったままだ。江良山を目指して歩く。十分ほど行くと竹林は途切れる。そこまで来れば芙美子の家も恵子の家も眼下に見下ろせる。谷底に沈む小学校や公民館、野菜集荷場はミニチュアの模型のようでもあり、薄っぺらな貼り絵のようでもある。

そして後方には掘り返されたばかりの赤土の畑と青々と茂るサツマ芋畑が交互に広がっている。間もなく収穫期を迎えるサツマ芋と並行して植え付けられる馬鈴薯。赤と緑の果てしない絨毯の先には水平線が静かに弧を描いている。

「あっ、京子の車」

谷底を一台の黒いミニバンが国道へ向かって走って行く。

「分かると？」

「村の人間なら誰でん知っとる。昨日はどこを誰の車が走っとったかまで、津々浦々知っとる」

「たまらんね」

「たまらん。島中の人間が興信所の人間に見える時がある」

今まで何があったのか恵子は詳しく語ろうとしない。だが想像はつく。この島は息苦しい。空はこんなに青いのに。海はこんなに果てしないのに、すっぽりガラス板で覆われた島は息苦しい。

「京子もいよいよ追い詰められとる。ストレスが溜まると車を飛ばして島から脱出じゃっちゅ」

「脱出?」

「パチンコ中毒。あれも結局子どもが出来んままで、何の為に貰うたか分からんって勝の母ちゃんが村中ぶつくさ言うて回っとる」

「今時、時代錯誤も甚だしいね」

「んども《わたしたち》が死ねば墓は誰が守ってくるっとじゃろかって」

「墓守りを考えたらおちおち死にもされん、夜も寝られんってか」

「家は修羅場って。おまけに若妻会の代表ちゅう事で犬の糞の始末に洗濯物の干し方に、ゴミの出し方に、なんもかんもせないかんようになってしもうて。あん車の飛ばし方じゃ又家の中で揉めたとやろ。もう大概つぎ込んどるって噂じゃ。そういや……」

恵子が話しかけて止めた。

「どうした?」

「いや、よか」

「何ね。気持わるか。言わんね」

「浩太の母ちゃん、覚えとる？」

「うん、覚えとるよ。浩太の母ちゃんってまだ生きとった？」

「九十六っちばい」

元気の良いおばちゃんだった。運動会のかけっこではタオルを振り回しながら浩太を応援していた姿が目に浮かぶ。

「そん《その》浩太の母ちゃんがね、防波堤を海に向かって手押し車でよたよた歩いとったらしか。たまたま京子達若妻会のメンバー数人で、海岸のゴミ拾いをしとってね」

「で、どうしたと？」

「危ない、って叫んだらしかいどん、波の音で聞こえん。京子は全力で砂浜を走り、テトラポットの山をよじ登り防波堤に辿りついて走ったたって。都会の女にしては見事な走りっぷりで、居合わせた若妻会のメンバーがたまがっとったたって」

「そしたら？」

「それが今にも落ちそうなくらい端の方を歩いとって、あと一歩のところで」

「落ちたと？」

「ゴミよ、ゴミ。生ゴミを海へポイって」

「はぁー！」

「潟浜の人たちは昔から生ゴミは海に投げよったでね。そいで年寄りたちはゴミ袋代も馬鹿にはならんちゅうて、今でん捨てよるとって」

「あぁ」

「ほいで、息を切らした京子が言うたらしか。おばあちゃん危ないでしょ！　それに海にゴミを捨てたらいけませんって」

「あぁ」

それからの事は芙美子にも想像がつく。

「あんた、どこの嫁な？　に始まって、この海はわしらの海じゃ。何百年も昔から生ごみは海に放って魚を育ててきたとじゃ。余所者に文句を言われる筋合いはなか！　って、怒鳴ったらしか」

呆気にとられる京子に追い打ちを掛けるように婆さんは続ける。

「山が駄目になって魚も育たんとに、この上に生ごみまで取っしもうたら魚は死んでしまうが。水清きにして魚育たず、って知らんとか。追いかけてきた若妻会のメンバーの前で恥をかかされた格好の京子は唖然としとったって」

「誰も取りなす人はおらんかったとね？　今はそげな時代じゃなかよ婆ちゃんち」

言えた立場でない事も忘れ芙美子は口を尖らせる。

「おらんかったとやろね。京子はこの島に惚れ込んで嫁に来たらしかいどん、地の者達は何を言うか余所者が、ちゅうとが本音じゃろ。結局、京子が一人で空回りしとっとじゃなかろうか」

「なんか悪かね」

「誰も彼もおかしゅうなってしまいよる。こん島で元気なのは家畜と死に損ないの年寄りばっかいじゃ。田舎っちゅうに、引きこもりも神経病みも多か」

京子の車は大橋を渡った頃だろう。後十五分もすれば国道沿いのパチンコ屋に着く。喧噪の中で一心不乱に玉を打ちこむ京子の姿が目に浮かぶ。芙美子はほんの二時間前の京子の後ろ姿を思い出していた。つかつかとやって来たかと思うと肩を落として帰って行った。

「京子はずっとこの島におるやろか」

恵子が呟く。ギーッ、ギーッ、空をつんざき百舌が鳴いている。

「芙美子これからどげんすっと？」

「じゃあ、そろそろ帰ろうか」

そうじゃなくて、と恵子は言いかけてやめた。なるようにしかならないのだから。

「ね、恵子、何かさ、ちょっと考えたんだけど」

「何を?」

「うん、最近、話題は死んだ後ちゅうか墓と骨の事ばっかしやね」

「じゃ」

「まだ私達若かとにね」

「じゃ、まだまだこん島じゃガキ扱いじゃっとにね」

山から下りていく道すがら、芙美子は、このまま誰にも会わずに家に帰り着きたいと思った。

「恵子、ちょっと急ごうか」

集落のゆるやかな登り坂を浜の方に向かうと国道に出る。この国道は海に向かってのたうつ白蛇のようだと京子は思う。ぬめぬめと鈍い光を放つ銀鱗の道だ。アクセルをふかす。大海原がゆっくりと眼下に迫ってくる。

初めてこの島にやってきた日の事が忘れられない。新幹線の改札を出てロータリーに向かう。そこにはそれと分る女が数人一塊になっていた。トランクを引き、派手すぎないメイク、それでいてスカーフやバッグはさりげなくおしゃれな物を身につけている女達だった。

迎えの車に分乗した。車内は静かだった。同じ車に乗った女の一人は小学生の娘がいるシングルマザーで、もう一人は二十三歳のＯＬだった。農業に興味があって参加したと言う。運転手の男が気のきいた事を言っているつもりなのか一人で喋っては一人で笑っていた。

「これから橋を渡ります」

運転手の声に一斉に窓の外を向く。車は群青色の海の上を滑るように走り抜けていく。橋を渡ってしばらく行くと車が停まった。運転手に促されて車から降りる。

「ここから見える段々畑は県の段々畑百選に選ばれております」

運転手が岬を指で指しながら独特のイントネーションで説明してくれた。海に突き出た岬には段々畑が見えた。だが京子は段々畑より海に目を奪われた。銀色に輝く海には小舟が一艘浮かんでいた。

あれにやられた。一目惚れだった。

もし、着いたのが夜間であったなら勝と一緒になっただろうかと京子は考えることがある。先に男性陣と顔合わせして、その翌日にあの海を見たとしたら結果は変わっていたかもしれない。そう思えるほどあの時の海は光り輝いていた。この世の全ての宝石を砕いて散りばめたとしても、ああはならない。初めて海を見たわけでもないのにあの日の海は格別だった。雲の隙間から日が射し銀色に光る大海原を見た時に抱えきれないほどの大きな宝石箱を貰ったと思った。訳もなく涙がぽろぽろと零れていた。

大学を卒業して就職したアパレルメーカーは想像以上の忙しさだった。不眠不休の生活が十年続いた。そしてある朝、突然起き上れなくなった。

恵子は時間を見つけては墓に行き、骨壷に溜まった水を捨て続けている。

「少しずつ骨が小さくなっていく。こんまま全部溶けてしもうたらどげんすっかち思うてよぉ。とぜんなかぁ（寂しい）。いよいよ一人ぼっちじゃら」

恵子の言葉が芙美子の胸に刺さる。

「芙美子そろそろ家に帰れ。一人で大丈夫じゃってえ」

カズエは時々娘思いの母親に戻り、恵子は「おばちゃんに」と煮物を持って来たりする。

芙美子はこのままホーム入所が決まらないとしたら干上がってしまう、職探しを始めなきゃと考え始めていた。

それから間もなくだった。

京子は島を出ていった。

勝の母親はいかに勝が可哀想であったか、いかに京子が傲慢かつ横着であったかを言いふらすのに忙しい。そして間もなく勝は仕事を辞めた。

芙美子はあの日の事が頭から離れない。きりきりと胸の奥が痛む。

「他所から来た人間にこの島の人達は冷たか。京子もえらい頑張っとったとに余所者、余所者って。一体何年住めば余所者でなくなるとじゃろか」

いつになく恵子は語気が荒い。

「島の未来なんち本気で考えとる人間はここにはおらん。本音じゃもっと人口が減ってしまえち思うとると」

恵子の言う通りかもしれないと芙美子は思う。こんな島でも農機具の入りやすい畑はあっという間に買い手がつく。現に芙美子の家の畑は同じ集落の者に貸しているのだが、その畑は今後どうするつもりなのか、よかったら売ってもらえないかと相談を受けている。ブランド化した馬鈴薯の高騰で耕地面積が広ければ広いほど利益が出る。高値を当てにして購入した農機具の支払いもある。

「最後は誰が残るか知らんどん、こん島の人間はたった一人になって初めて、あらま！って辺りを見回すとじゃなかろうか」

恵子は思い出していた。

京子が嫁いできて半年たった頃だった。集落の草刈りに勝と二人で出て来た京子は訥々と島の素晴らしさを語っていた。

灯台と夕日、ウミガメの産卵、青い海と色とりどりの貝殻、野リンドウの群生……熱に浮されたように京子は喋り続けていた。

「そう？ 海なんて日本全国どこも同じじゃろうもん」

仕事の行き帰り海を見ている恵子は半ば呆れ、半ば面映ゆい。

「そんな事はないですよ。白砂の海岸にオレンジや黄色やピンクの貝殻がたくさん打ち寄せられていて、そしてイルカですよ。イルカ」

「あぁイルカね」

「どうして町はもっと島の魅力を積極的にアピールしないのでしょう」

「どうしてってって……見飽きるほど見とってね、うんざりするぐらいじゃって」

「もったいないですよ。花いっぱい運動もいいですけれど、もっとナチュラルな自然に人は引き寄せられるのです。植栽された花よりも野に咲く花を求めているのです。そうすればこの島に人はきっと集まってきます」

そして町営牧場への道すがらに咲く野リンドウを保護すべきだと熱く語るのだった。京子のあの時の目は朝方の海よりもきらきらと輝いていた。

リーダーを失った若妻会は形骸化しつつあるようだ。退会を申し出る人も跡を絶たない。恵子も入会しないかと誘われたが丁重に断りを入れた。

「私は若くもなか。そいに私は生まれて此の方誰の妻にもなったことがなかでな」

それから一月後、町報に「私の海」と題したエッセーが掲載された。

『私は母を知らない。私は故郷を持たない』と始まる小文であった。

『ささくれ疲れ果てた時にこの島に巡りあえて幸せだった。新しい家族とは育った環境の違いから度々衝突を繰り返してはいるが、それはきっと未来に向けての糧になるに違いない。来年は島に光ケーブルが導入されインターネットが自在になる。それによってこの島は古い因習から解放されるであろうし、新たなる移住者も迎えることが出来る。歓迎の御旗を掲げ全力で準備をすべきである。島の未来は明るい。若妻会代表・竹居京子』と結ばれていた。

36号（2019年）

鳩時計

佐々木信子

福岡県　九州文学

リビングの鳩時計が「カッコウ」と鳴いて八時を知らせた。まもなく、この鳩時計の送り主のカヨが現れるので、緑はダイニングテーブルに広げた新聞をたたんだ。

この鳩時計は茶色の山小屋風のデザインで、文字盤と指針は白く、縦三十センチ、横二十センチの振り子のない小さなものだった。邸宅にある豪華な作りでもないのに、裏側には「アンティーク鳩時計デラックス」とラベルが貼ってあり、緑はいかにもカヨからのプレゼントだと思った。

それに、十二時の文字盤の上の穴から出現し時刻を知らせるのは、体長三センチ前後の正体不明の白い鳥なのに、「カッコウ」と自慢げに五回も鳴いて、扉のない穴の奥にギィギィとバックする。昼間一時間に一回の仕事なのに、大役を果たして疲れた雰囲気を演出するのはカヨにそっくりだと思う。

五年前の夏に北部九州に地震が発生したとき、カヨからすぐにお見舞いの電話があった。当時は名古屋に一人暮らしで、自称編み物の講師だった。

「被害はなかったの？　みんな無事なの？」

それまでは年に一度、緑の誕生日に電話をくれるだけだったのに、

「いくつになっても、ミーちゃんが心配なの」

母親のカヨは、緑が七歳のときに離婚して家を出たのに、今でも「ミーちゃん」と親し

く呼んでいた。

「古い鳩時計が落ちて壊れただけよ」

緑は電話の相手をするよりも、家の外回りが気になっていた。

「それなら、あたしが鳩時計をプレゼントするわ。こっちのデパートには品数が多いから」

「ネットで同じ物を探すから送らないで。二十年以上動いていたから寿命だと思わないと」

緑は電話を切ってから、今年で三十歳になる息子の小学校の入学祝いに義父が贈ってくれたのだから、二十三年間、時を刻んでくれたのだと気がついた。その鳩時計は重厚感があり、赤い屋根のログハウスが緑の木々に囲まれ、時刻を知らせに現れるのは、本物のカッコウのような声と姿だった。鳴き声の後にはオルゴールが「エーデルワイス」の曲を奏でた。自宅に来たこともないカヨが、よく似た鳩時計を選ぶはずはないので断ったのだった。

しかし、数日後に届いた軽い宅配便の中には、現在リビングで「カッコウ」と鳴く、正体不明の鳥が気泡緩衝材に包まれていた。

「ネットで同じ物を探すつもりだったのに」

プチプチと緩衝材をつぶしながら言う緑に、

「先が短いから、高価な鳩時計はいらないよ。時間がわかればいいさ」

もうステップを持ち出して、セットの準備をしている夫が言った。福岡で暮らす一人っ子の息子が、会社の近くにマンションを購入して以来、「この家は無人になる」が夫の口癖になった。


「俺、独身主義だから、この広さで充分だ」

息子は1LDKをローンで購入したときに言った。夫の姉妹や同僚たちの離婚を目の当たりにしたせいか、

「結婚なんか面倒くさっ、コンビニやコインランドリー、デパ地下も近くにある。もう車だって買わないよ」

たしかに的を射ていると緑は思う。転居と同時に自転車も手放し、彼の移動手段は徒歩だけで充分のようだ。

夫は給湯器、冷蔵庫など、買い替えのたびに、「先が短いから低価格の物を」と言った。六十七歳の夫と六十一歳の緑の、今後の寿命はわからないけれど、夫の意見を尊重したことは一度もなかった。「先がない、先がない」と唱えていると、火をつけた線香がだんだんと短くなるのが脳裏に浮かんで嫌だった。

緑が二十八年間暮らす家は、地元の建設会社が建築分譲した、集落の外れの住宅団地に

ある。入居当時は子供たちの姿もあったが、今は高齢夫婦の二人暮らしの家庭が多かった。しかし、春にはヤマザクラやツツジが咲き、秋の山々の紅葉は自宅から眺められた。

リビングの入口のドアの奥から、ペタンペタンとカヨの足音が聞こえ、途中で途切れるのは、廊下の柱に乾皮症の背中をこすりつけて掻いているからだ。

「おはよう。あら、おとーさんは」

カヨはドアを開けると同時に、緑の夫の椅子に目をやった。名前で呼ぶことはなく、緑や帰省した息子がそう呼ぶからか、カヨも同居以来、「おとーさん」と呼んでいた。

窓の外からは繁殖力が強いリュウキュウアサガオが、竹の支柱を紫の花で覆い隠し、リビングの中を覗いている。泣いているように見えるのは朝露で光っているせいだろう。

その花はカヨが三年前に一鉢だけ買ってきたが、今では庭の四方八方に広がっていた。カヨが挿し木で増やして近所に配った苗も丈夫で、隣の家では家主が亡くなった犬小屋を包み込み、ウメの枝を伝って二階の瓦まで届いていた。

化粧をすませた今朝のカヨの服装は、黄色地に赤いハイビカスが咲いているワンピース姿だ。太った体型をカバーするためか、胸から下はフワリとしたデザインがお気に入りだった。庭の花の手入れをするときも、その上にエプロンをして赤い長靴を履いていた。先日は裾がサザンカの枝に引っかかり、小さな黒い三角形のショーツが、申し訳なさそうに大きな臀部に張りついていた。

「実家に出掛けたわ。お義父さんがデイサービスの日だから、いつもより早めにね」

九十二歳になる義父は隣の市で一人暮らしをしていたが、四年前に脳梗塞を発症して以来、週に二回デイサービス所に通っていた。義母が十年前に病死してからは、夕食の宅配サービスを受け、他の家事は一人でしていたが、再発後は夫が通って手伝うようになっていた。

「おとーさん、最近は実家通いが多いわね」

カヨは冷蔵庫からスライスチーズを取り出して、食パンの上に載せながら言った。一人だけの遅い朝食の用意だ。

「勤めていた頃はかまってやれなかったから」

夫は六十歳で退職後、再雇用されて、五年間は勤める予定だったが、義父の再発後に六十四歳で退職していた。

「ほかにも通う場所があるんじゃないの」

カヨは緑の顔を見てニタリと笑うと、トースターのスイッチを押した。次は粉末のコーンスープの銀色の小袋を、前後に揺さぶって封を切り、信楽焼のマグカップに入れるとポットから熱湯を注いだ。八十一歳の彼女は高齢者なのに朝寝坊だ。朝食後は一時間程度の散歩と言うが、ほとんどは近所の老人とのおしゃべりで、午後は気が向けば庭仕事をして、それ以外は自分の部屋で過ごしていた。だが、夫が在宅のときはリビングに顔を出し、「おとーさん、おとーさん」と頼りにしているようだった。

カヨは三年前に、半世紀暮らした名古屋の生活を引き払い、緑と同居を始めた日に、「これは食費、毎日同じ物を食べるのだから。お世話になります」と、一万円札を夫婦の前に差し出した。当時は、カヨの多い荷物の落ち着き先を確保するために、物置で埃まみれになっていて、彼女の食費のことなど考えてもいなかった。以来、月の始めには一万円札を一枚ヒラヒラさせて緑に渡した。そして、「スライスチーズを買っておいて。もう、三日もお魚料理の夕食が続くわ」などと、緑さえ気づいていないことを言った。

電話で話していたときは思いやりのある母親という印象だったが、同居してみると歯に衣着せぬ性格だとわかった。しかし、カヨにとっても不満があるから、ストレートな感情を緑にぶつけるのだろう。昔の子供部屋にいるときはよかったが、リビングへ来ると指図をするようになった。

「食洗機の音が高くなったのは、買い替え時期が来ているのよ」

「スーパーのパンでなく、専門店のパンがおいしいから」

と、カヨにとってヒラヒラの一万円札効果は無限大のようだ。生返事をしていても、家庭内の勢力図がジワジワと塗り替えられて、緑の領域が狭くなる気がしていた。

後悔しても無駄だとわかってはいるが、なぜカヨに同居を提案したのか、緑はこめかみを押しながら考えていた。

「子供部屋は空いているし、元気なうちに帰郷させたがいい。独りぼっちなんだろう」

カヨと会ったこともない夫が言った。

「名古屋には友人、知人はいるみたいよ」

緑は両親が離婚する七歳までは、カヨと一緒に暮らしていたが、高齢になった母親との同居には戸惑っていた。夫は実家で一人暮らしの父親の世話をしていたので、緑への助言のつもりだったのだろう。

「名古屋に骨を埋める覚悟じゃないの。もし、帰るなら伯母ちゃんの家よ、実家なんだから」

夫には反論していたのに、なぜ同居を提案したのかわからない。緑は共働きの両親との三人家族だったが、カヨが家を出てからは、近所に住む父方の祖母が家事をしに来ていた。

祖母は父が帰宅するまで緑と一緒にいてくれたので、カヨが母親との実感はなかった。

別離後初めて会ったのは伯母の家だった。金食い松と呼ばれる松の枝を、庭師が二人で剪定していた日だった。

九年間の空白を埋めるかのように、カヨがにじり寄って抱いても苦しいだけだった。彼女の胸は、道端に転がった熟柿とみかんを踏みつけたような臭いがして、こんな人が母親のはずがないと思った。

伯母宅での昼食を断って帰宅するバスの中では、カヨからの高校入学の祝い袋を握りしめていた。そして、途中から乗車してきた母娘連れを眺めていると、突然涙が流れてきた。

母親の演技が上手で嫌な臭いの女だったのに、別れるとまた会いたくなった。その理由は、髪の毛よりも細い糸でカヨと繋がらせている、得体の知れない何者かの仕業のようだった。カヨを思うと湧き上がる不気味な感情を振り払おうと、頭を振り続けていたらバスの窓ガラスに顔面をぶつけてしまった。

その感情は、緑が母親になってから思うに、胎内で丸まっていた頃のカヨのDNAの仕業かも知れない。十一歳の頃、臍をほじくって化膿したことがあった。病院では臍の上に傷パッドを×印に貼られた。あの行為はカヨのDNAを無意識に放り出したくなったのだろうか。通院の帰り道に祖母がソフトクリームを渡しながら、

「今度、臍をほじくったら、長い腸が飛び出して死んでしまう」

と言うのを恐ろしく聞いて以来、臍にはまったく触らなくなった。体内から飛び出た腸は生温かく、その勢いのまま緑を羽交い絞めにしてしまう気がした。

中学生まではカヨを尊敬した部分もあった。半世紀も前、都会で生活することは厳しかったはずだ。化粧品店に数年勤めただけで、なんの資格もない二十代の女性だったのだから。しかし、成人後に会う回数が多くなると、矛盾点がいくつも浮かび上がった。自称「編み物教室の主宰者」だったが、名古屋の繁華街のマンションに住み、年に何回も有名温泉へ旅行していた。湯煙をバックにしてモデルのように、前足と肩を突き出した写真は、いつも一人だけだった。カヨの視線の先でシャッターを押す人物は男性だろうと思った。

緑が知っている手芸店では、店主が店の隅で背中を丸めて編み棒を動かしていた。

「田舎とは教室の規模が違うだろう。中年女性に人気の『編み物王子』がテレビに出演していたけど、イケメンで俳優みたいだった」

カヨが贈ってくれた漬物を食べながら、名古屋のマンションの家賃の相場を尋ねると、夫はご飯粒を唇につけたまま言った。しかし、緑が幼い頃にカヨが家で編み物をしていた記憶はなかった。ただ、顔の手入れは欠かさずしていたが。

緑の父が先に亡くなり、緑一家との同居を拒んだ祖母が、老人保健施設で亡くなった頃から、カヨはひと月に一度は電話をして、

「ミーちゃん、かわいそうね。父親とおばあさんまで亡くして。これからは、あたしを頼ってきてもいいのよ」

と言ったが、そのうち電話の中身はだんだんと変化しだした。

「最近ね、故郷の夢ばかり見るのよ。夢の中でヤマモモやアケビの実を食べているの。懐かしくてたまらないわ」

カヨは高齢になり故郷が恋しくなったのだろうが、緑は鈍感なふりをしていた。

「ヤマモモやアケビは、スーパーの果物売り場でよく見かけるわ」と言うと、受話器の奥のカヨはしばらく沈黙していたが、ため息と同時に電話を切った。

その後もカヨからの電話は間隔が短くなり、ある時など、

「ちょっと早く起きたから、忘れないうちに尋ねておこうと思ってね」

と、朝の四時に暢気な声でかけてきた。コール音に驚いた隣のベッドの夫は、上半身を斜めにして会話を聞いていたが、病身の父親でないとわかると、背中からベッドに倒れ込み布団を被った。

「緑の実家は無人のままじゃないの?」

カヨが忘れて困るような話でもなかった。

「おばあちゃんの一周忌の後に、従兄弟が買ってくれたわ。古い家だったけど、定年後は田舎暮らしがしたいからって」

「足元見られて買い叩かれたんじゃないの？」

それだけで電話は切れた。

「大丈夫か。俺の親父より若いんだろう？　一人暮らしが長いと認知症になるらしいから」

夫が布団の中から言ったが、緑は次の電話の中身が気になり眠れなかった。

そして、二日後には、

「編み物教室は十年前から生徒が来なくなって、年金と貯金で暮らしていたけど、その蓄えも底をついたのよ」

涙声になり鼻をかむ音が聞こえたので、

「卵を茹でているから」

と緑は電話を切った。

二十年前に伯母の家で会ったときは、

「大きな印刷会社の社長なのよ。新築のマンションも借りてくれたわ」

とスポンサーの存在を明かした。やはり緑の予想通りの暮らしを長くしていたのだ。

「奥さまが病弱だからね……」

だから公認の存在だと言いたいのだろうが、緑は暖房が効きすぎて頬が熱くなった。

カヨは、カシミヤのサーモンピンクのワンピース姿だった。絨毯の上で足を崩していたが、黒の模様入りのストッキングで二匹のニシキヘビが絡みあっているようだった。そして、背後には焦げ茶色の毛皮のコートが掛かっていた。高く結い上げた茶色の髪は、廊下へ出るときは鴨居につかえそうだった。編み物の講師にしては爪が長すぎた。シャンプーは美容室に通い、顔の手入れはエステサロンですると言った。社長を独占するには、妖艶な美をキープすることらしい。

「いい人に巡り合ってよかった」

カヨより一歳年上なのに二人並ぶと母親に見える伯母が言った。まるで、緑と同じように今知ったような口ぶりに腹が立った。この姉妹にとっての善人とは、衣食住に困らず贅沢をさせてくれる人のようだった。居心地が悪くなり帰宅しようと、玄関でスニーカーを履く緑の隣には、カヨのヒョウ柄のロングブーツが横たわっていた。

伯母の家で会った頃は、カヨの暮らしぶりもよかったのだろう。その後はカヨから連絡があっても、数回に一度だけ会いに行っていただけだった。

しかし、数十年も経過すると、人も環境も変わってしまうから、七十六歳で妖艶な女を演じるには無理がある。

「お金がないから洋服が買えないし、病院にも行けないから、体はガタガタよ」

カヨからの電話は愚痴ばかりだったが、彼女の特技は他人の心の隙間に、音もなく侵入して、牛耳ることではなかったのか。世話をしてくれた祖母の死と、マンションを購入した息子の件と、緑の二カ所の隙間を探し当てるのは容易だったのだろう。

「子供部屋は十畳だけど、暮らしてみる?」

緑の臍の中で眠っていたDNAが、久しぶりに目を覚まし、得体の知れない感情がオンになってしまった。

「そうするわ。うれしい、ミーちゃんと暮らせるなんて」

カヨはこの返事を聞くまで、ずっと緑に電話を続けるつもりだったのか、ハミングしながら電話を切った。

十月になってもリュウキュウアサガオの勢いは衰えず、庭木の枝にまで絡みつき咲いている。道路際に伸びた蔓は塀を乗り越え、隣の家の門扉まで抱き込みそうだったので、午後にでも剪定をしなければと思った。

今日はカヨの通院日だ。近くにバス停はあるのだが、

「バス停にいると、信号で停まった車がジロジロ見るの。田舎では洗練された女性が珍しいからよ。誘われても車には乗らないけど」

カヨの自己中心的な分析につきあう気はないので、緑は面倒でも車で送迎していた。それに、頼まれた買い物にも不満を口にするので、通院の帰途にドラッグストアなどに寄り、本人に購入させていた。

以前は息子の席だったダイニングテーブルの椅子に掛けると、

「まずは皮膚科、ここは予約していたから。次が退屈するほど待つ整形外科ね」

カヨはテーブル上に広げた左手を撫でながら言った。骨粗鬆症の薬を飲んでいるのに、腰痛があり、人差し指と中指の第二関節が曲がっているのが気に入らないのだ。

「おばあちゃんの関節も変形していたわ」

緑が赤いマニキュアをした中指を指すと、

「あら、やだ。手袋もせずに畑仕事をしていた高齢者と一緒にしないで」

カヨは両手を背中に隠した。そして、豊満なバストを突き出すと、

「あたしはねぇ、名古屋では生きるためならどんな我慢もしてきたわ。それに、この顔の

おかげでアルバイト先でもモテたのよ。日本人離れした肌の色や、奥二重の目は、東南アジア系の美人に見えるって」

と、また緑が覚えてしまった話が始まった。


皮膚科のクリニックの駐車場は満車だったので、カヨを車から降ろした緑は、駅前の有料駐車場に向かった。今日はここも珍しく満車状態だったが、運よく奥の黒いワンボックスカーが出たので、そこに駐車すると、ダークスーツ姿の中年男性が走ってきた。背は低いが武道家のような体を包んだ上着がはち切れそうだ。

「こんにちは、今日は電車をご利用ですか」

いかつい顔には不似合いな笑顔が不気味だ。

「いいえ、近くのクリニックの駐車場が満車だったものですから」

緑は運転席の窓を少し開けて答えると、急いでドアをロックした。

「新川先生が駅前で演説の予定なので、近くの駐車場をご利用の方々には、声を掛けています」

新川先生とは地元選出の国会議員で、次の組閣では大臣就任の噂がある。今日この駐車場が満車なのは、後援会関係者が利用しているからだろう。

「通院されているクリニックはどこですか。あなたが受診されるのですか」

私服の警官のようだが名乗らずに職質する。

「あのビルにある藤島皮膚科です。母を連れてきました」

そう答えると、彼は南口の白いビルを振り返った。まだ質問が続くと思ったときに、頭上の高架をガタガタと音をたて、電車がギーンとブレーキ音を響かせ駅に着くと、彼は駆け足で駅の北口に向かった。到着した人物のチェックでもするのだろう。

緑は気分転換をしたくて道路地図帳を取り出し、秋になれば高原に出掛けようと思った。しばらくして、窓ガラスをノックする音に顔を上げると、グレーのパンツスーツ姿の中年女性がいて、その側には視線を落として萎れるカヨがいた。

「どうしたの。診察は終わったんでしょう?」

緑はあわてて車から降りた。

「県警の山口です。こちらの方のお知り合いですか」

ショートカットで日焼けた顔の女性は、カヨの手首を摑んだまま尋ねた。裾の長いワンピース姿の八十一歳が逃げると思っているのか、走ればすぐに転倒してしまうのに。

「カヨさん。いいえ、母親です」

「間違いなく日本人ですか」

「はい。同居しています」

カヨの日本人離れした顔つきは自慢だったが、こんなときは不利のようだ。もう駅前広場は人であふれていたが、その中でカヨの風貌に目をとめたのは優秀なのだろう。

「何度も駅の北口から出入りされて、鉢植えを抱えておられたので声を掛けました」

「あたしの大好きな花が安くなっていたから買ったのよ。売り切れる前にね。でも、重いから病院の帰りまで預かってもらおうと、お店に引き返したら捕まったの。この人はハイビスカスを引き抜いて、植木鉢の底まで確認したのよ」

駅の構内にはレストランと菓子店の奥に花屋があり、皮膚科帰りのカヨはバラを数本買うこともあった。

「植木鉢に爆破物でも仕掛けていると思われたのですか。八十一歳の病身の老女なのに」

緑はカヨを守るより、さっきの男性警官への不満も加わっていた。普段なら老人扱いを嫌うカヨはさかんに頷き、萎んだ体が少しずつ膨らんできた。

「イケメンでもない国会議員は見たくもないわ。選挙のときだけコメッツキバッタになって。あー具合が悪くなった。死ぬかも知れない」

しかし、カヨの体は元通りになっていた。

「それで、ハイビスカスはどうしたの」

カヨの持ち物は首から下げたポシェットと、たたんだ日傘だけだった。

「返品されました。乱暴な扱いされた花は枯れてしまうからと」

婦警が悪びれずに言った。いかにもカヨらしい。その花を見るたびに今日のことを思い出すのは、緑だって避けたかった。しかし、花屋は困惑したと思う。

「急患が来たので予約時間が遅れると言われたから、花屋に行っただけなのに」

カヨは皮膚科に向かって歩き出しが、疑われた余韻なのか背中が丸くなっていた。


十月の末になった。緑はそろそろ久住高原へ出掛けようと思っていた。義父の体調がよいときなら、一泊くらいは夫とのんびりしたかった。しかし、

「ヒートショックが心配だから、親父の家で暮らそうと思う。久住にはカヨさんと一緒に行って、温泉でも楽しめばいい」

夫は病身の義父が心配で決めたようだが、カヨと三年も同居しているのに、なんにもわかっていない人だと緑は目を伏せた。

「暗くなっても電気はつけないし、暖房も『まだいい』って使わないんだ。近頃は戸締りも面倒になっているからな」

夫は実家へ出掛ける朝、特大の赤い買い物バッグに荷物を詰め込みながら言った。彼の服装は介護士と同じようなトレーニングウェア姿だ。動きやすいし、汚れてもすぐに着替えられるからだ。

「今年はやめるわ。お義父さんの体調も心配だから」

肉親とは妙なもので、会食や旅行中に不慮の事故や病気の知らせがよく来た。それに、カヨと一緒の旅でのんびり楽しめるはずがなかった。

「そうか、すまない」

夫はカヨが現れる奥のドアに目をやると、足早に玄関に向かった。

まだ動いている鳩時計が八時を知らせたから、そろそろカヨが朝食に来る時間だ。廊下の奥で足音がして。途中で立ち止まらなかったから、今朝の背中は痒くないようだ。

「オッハー、あら、おとーさんは」

緑より先に夫の定位置の椅子を見ている。

「さっき、実家へ出掛けたわ」

夫がしばらく実家で暮らすことは言わなかった。最近は「おとーさん、おとーさん」と、甘えたような声にも聞こえる。しかし、夫とカヨが険悪な関係になり、その間で緑が悩むよりはましだと思う。歓迎した同居ではなく、魔が差した同居だったが、距離がなくなると見えなかったものが目前に積み上げられて落胆している。これに将来、カヨの介護が必要になったら最悪だ。しかし、カヨも緑との生活に裏切られた思いはあるはずだ。それが、日々の暮らしの中で大胆に顔を出していた。

「ねぇ、おとーさんは、いつ帰ってくるの」

カヨはまるで幼子のように、肩を前後に揺らしながら尋ねた。

「お義父さんの体調次第だと思うわ」

緑は新聞を眺めながら言った。

「困ったわね。今日にでもセーターの丈を決めたかったのに」

朝食より夫を気にしている。

「セーターを編んでいたの？」

緑には初耳だった。

「そうよ。前に採寸していたけど、数字が薄くなってわからなくなったの」

「セーターはあまり着ないわ」

帰宅後の夫はすぐにパジャマに着替えてソファで横になっていた。詳しい介護の様子は口にしないが、入浴、トイレ、掃除と重労働の一日なのだろう。

「寒くなる前に上等の毛糸で編んでやるの」

カヨはかならず実行するような口ぶりで、冷蔵庫のドアを強く閉めた。

今朝、家を出た夫から電話があったのは、庭で洗濯物を干しているときだった。以前、緑が植えていたクレマチスやダリアも、リュウキュウアサガオに負けて年々花が貧弱になっていた。秋の庭もカヨが植えた花が征服者だ。

「ちょっと話があるから、買い物がてら出てこられないかな」

ゆっくりとした、いつもの口調だった。

「お義父さん、また体調がよくないの？」

「いや、親父ではなくカヨさんのことで」

「えっ、おとーさんのセーターを編んでいるって喜んでいたけど」

二人は不仲には見えなかった。夫をカヨが「おとーさん」と呼ぶのは、この家の主として捉えているとも思っていた。外での話とは厄介なことに決まっている。緑はカヨの洗濯物を干すのも面倒になった。

夫と二人っきりで車の中で話すのは久しぶりで、こんなに近くで顔を合わせるのも珍しかった。今朝は髭を剃らずに出たようで、顎のあたりの髭の中に、ポツンポツンと白髪が光っていた。

このスーパーは家から車で十分かかるが、広い駐車場があるので緑はここばかり利用していた。今日はポイント五倍デーだから、客の出入りが多かったが、それよりカヨの件が気になって仕方がなかった。

「嫌なことを言われたんでしょう」

夫はフロントガラス越しに、青空にフワフワと浮かぶヒツジ雲を眺めているが、緑を傷つけない話の糸口を探しているのだろう。

「緑が一泊二日の人間ドックを受けた夜のことだ。先に風呂に入ったカヨさんが、バスタオルを巻いた姿でリビングに来て、『お先に入らせていただきました』って言うんだ」

浴室からバスタオルだけを巻いて出て、自分の部屋で下着をつけるのは、カヨの長年の習慣のようで、緑も廊下ですれ違ったときがあった。しかし、その夜はなぜかリビングを経由したようだ。

「戦前生まれだから、男の人より先に入って申し訳ないと思ったのよ」

だが、この件だけで夫が呼び出すはずがなかった。

「一週間前は、セーターを編んでやるからと、リビングで新聞を読んでいたら来たんだ。緑が人間ドックの結果を聞きに行った日だ」

「だから、採寸したんでしょう」

「うん、終わったと思ったら背中から抱きついてきたんだ。驚いて振り払おうと思ったけど、転倒して骨折でもされたらと、体がすぐには動かなかった」

「ほかにも嫌なことされたんじゃないの」

夫は苦笑いをしながら運転席の背もたれを倒した。この件は長くなりそうだ。今まで、夫なりに対応を考えたが結論が出なかったのだろう。

すぐ側では、セグロセキレイが長い尾羽を上下に動かしている。背中と胸が黒くて白い腹部が目立つ、シックな装いの鳥だ。人が集まる所を餌場にしたのは、猛禽類から身を守るためだろうが、急に車止めから下りると小さな虫を追い始めた。この鳥も捕食しなければ生きられない命だ。

「家でこそ、ゆっくりしたいのにね」

今まで女性問題と無縁な夫は驚いているが、相手にしなければすむ話だ。しかし、それを笑って忘れられない性格だから、緑に相談したのだろう。こんな場合は両者の意見を聞くべきだろうが、「ちょっと、ふざけただけよ」と、カヨは笑って相手にはしないだろう。庭を花でいっぱいにしても、人の温もりにはかなわない。名古屋時代の友人も次々と亡くなり、同い年の銀子さんだけが電話をかけてくるらしいが、電話を切れば寂しさに襲われるのだろう。他人事ではない、やがて緑も人恋しくなるはずだ。

同居後のカヨは、食事のメニューに注文をつけ、食後のデザートまで欲しがった。緑は祖母から戦時中の食糧事情を聞いて育ったので、質素な食事でも日に三度食べられることに感謝していた。夫も食事への不満は口にしたことがなかった。甘えて困らせれば自分を直視してくれると思っているようだ。

スーパーの出入り口からは、買い物バッグを下げた人たちが足早に出てくる。その人たちが近づくと、セグロセキレイは低空飛行で数メートル離れる。テリトリーを主張しなければ共存できるとわかっている。

親子、夫婦連れ、孫を抱いた初老の人たちが、みんな幸せそうに見えるのは、久しぶりに緑の中に出現した真っ黒な物体のせいだ。それが、ゆっくりと拡大すると涙が止まらなくなる。カヨと別れた小学生の頃、正月、クリスマスなどは、祖母や父親と買い物をしていても現れた。その物体は形を変えると、胸骨のあたりから鼻孔めがけてツーンと痛みを響かせた。また、そんな心境で夜汽車を眺めると、声を上げて泣きたくなる。

二十代の頃、転勤する父親を駅に見送った。

「一年したら帰るから、おばあちゃんを頼む」

と、駅の売店で買ったチョコレートをもらった。父親はこのまま帰らないのではないかと、緑は手にしたチョコレートを握りしめた。

人目も気にせず泣きながら、この真っ黒な物体を消滅させるのは、家族の力だけだろうと思った。長い松原に沿って延びる線路上を、とろとろと汽車の灯りが未練がましく遠ざかり松原の奥で消えた。線路沿いには黄色いヨイマチグサが咲き、コオロギがとぎれとぎれに鳴いていた。

隣に叱られた子供のように無言でいる夫と結婚したのは、家族が欲しかったからだ。病身の父親と高齢の祖母の余命を考えると、一人っきりになるのは時間の問題だった。結婚して出産し家族が三人になると、黒い物体は現れなくなった。過去の緑の心情を知らない夫は、転勤は希望せず家族三人との暮らしを大切にしてくれた。

やっと口を開いた夫は、

「しばらく実家で暮らせば解決するさ」

と言ったが、緑の脳裏にはバスタオル姿のカヨが浮かんだ。

「親父は、『介護保険を使って長生きしても、国に迷惑を掛けるばかりだから、今度、脳梗塞になったら治療は拒否する』と言った」

義父らしい決断だと緑は思った。

「少子高齢化に関係するニュースが多いからか、デイサービスの仲間も早く死にたい派が多いらしい。それもほとんどが男だそうだ。長生きは罪と捉えているのかな」

「風潮かも知れないわ……」

と緑は答えながら、太古から狩りや戦いをしてきた男たちが、高齢になって車椅子に座らされ、口を開けて流動食を流し込まれるのを待つのは屈辱的だからとは言えなかった。

「近頃増えた親父の心配事は、俺たち夫婦は少子税、孫には独身税が課税されるんじゃないか、ってことらしい」

「そうね、可能性はあるわ。でも増税されても生き方は簡単に変えられないから」

緑は義父の精神状態が心配で、別居生活が長くなっても仕方がないと思った。

「すまない。親父の話になってしまったな」

そうだ、今日はカヨの件で二人は会っていた。彼女の場合は治療拒否など考えられない。体調の変化には敏感ですぐに病院へ行くので、緑が先に逝くかも知れないと思った。

「カヨさんのこと、他にもあるんじゃないの」

「うん、ある外国の大統領は奥さんが二十歳年上だけど、円満に暮らしているとも言った」

「その夫婦は来日したこともあったけど、奥さんは美人で大統領とは同年代に見えたわ」

カヨは本気で夫を狙っているのだろうか。六十七歳の夫はカヨより十四歳年下だから、大統領夫人より年齢は近いと緑は思った。

「手編みのベストを何枚もくれた。親父の看病には着替えが多いほうがいいからって」

寡黙な夫から、古いセーターの糸を解くように、カヨの言動があらわになる。縮れた糸が積もった上には、バスタオル一枚のカヨが笑っている。

「そのベストはどうしたの」

「実家の押し入れの中。ベストは何回も俺の車に置いていたんだ。『カヨたんより』とハートマークで囲んでいた」

前髪をかき上げた夫は額が広くなり、後頭部の白髪も薄くなっていた。他人の老化はわかるけれど、毎日鏡の中で見る自分の変化はわからない。徐々に老いていくから、観念的な自分は昔のままだ。だから、証明写真は何枚撮っても不満だらけだ。そんなところがカヨに似てきたと思うと、背筋が寒くなった。

「家の前で親父と並んで、デイサービスの迎えの車を待っていたら、若い新人の職員が俺を車に乗せようとした。つい、さっきの話だ」

若者からは、六十七歳と九十二歳は同じ老人に見えたのだろう。

「近所に独身の高齢者はいないかな」

解決策のつもりか、夫の声が少し高くなった。

「男の人よね、とっくに調査ずみだと思うわ」

二羽になったセグロセキレイが、車の直前から飛び上がった。白に黒い縁取りをした扇が二枚舞っているようだ。

カヨは地区の老人会には、「老人扱いが嫌だ」と入会を断っているのに、近所の老人の事情には詳しかった。

「英雄さんは八十一歳。奥さんは老人介護施設に入所中で、娘が土曜日に世話をしに来る。武さんは死別で八十三歳。心臓に持病あり、離婚して戻ってきた娘と二人暮らし。潔さんは、まだ車の運転はするが酒癖が悪い」

と得意げに話した。だから、お悔やみの回覧板が来たときに、故人の詳しい情報はカヨに尋ねればわかった。

「朝の散歩のときには、よく近所の人と話しているわ」

「聞き上手なんだよ。背筋をピンと伸ばして目を見つめて笑顔で頷くから。そうだな、高級クラブのホステスのようにさ。英雄さんとは、お互い散歩の途中かな、共同墓地の入口で話している姿を見かけるな」

現役の頃には、高級クラブで接待するような役職ではなかった夫が言った。

「カヨさんには今まで通りに接すればいい。注意でもすれば高齢者ハラスメントと騒ぐかも知れない」

緑は久しぶりに夫の手を握った。手の甲の皺とシミを押し上げて青い血管が指先に向かっている。それでも温かく、体型のわりには頑丈な手だった。

緑が帰宅したのを待ち構えていたように、鳩時計が十一時を知らせた。どんな鳥に見えようとも忘れてもらっては困るようだ。

「今まで買い物をしていたの?」

カヨがリビングに現れた。二人は毎日十二時過ぎに昼食をとるが、カヨは三十分前からダイニングテーブルの前に座る。

「そうよ。今日はポイントデーだったから、買い物客が多かったの」

夫婦だけで暮らしていた頃の昼食は、昨夜の残り物に汁物を作るだけだったが、カヨと二人のときは野菜サラダも作っていた。しかし、今日は簡単にすまそうと思っていた。

「あら、今日はサンドイッチだけ?」

カヨは野菜サンドのラップの端をつまみ上げた。緑が出掛けた後に庭仕事で汗をかいたのか、化粧が落ちて頬のシミが目立った。今日は入念な化粧直しは省略したようだ。夫が家にいる日は化粧をして、イヤリングやマニキュアまでしていたので、スーパーで夫から聞いた話は現実味がありそうだ。

「ヨーグルトとゆで卵をつけるわ」

「この子は変よ。三十分前にトイレに入っていたら鳴いていたわ」

カヨが鳩時計を指さした。

「もう寿命かな。故障かも知れない」

緑は椅子を引きずって鳩時計の下まで行った。最近、家に対してぞんざいになっているのは、「この家は無人になる」と言う夫の影響だ。リフォームしても、息子は帰らないので無駄な出費になるとも思っている。

鳩時計が色あせて見えたのは長く掃除をしなかったせいで、乾燥した土の臭いがする埃を被っていた。緑が手を動かすたびに、飛蚊症に似た埃がフワフワと飛びまわった。

「寿命ではないわ、この子は高かったから」

緑は後ろで不満げなカヨには答えず、正体不明の鳥がいる穴を覗いた。埃の臭いが強くなった、うす暗い空洞の中に、小さな白い鳥が赤い嘴を開けていた。

「カッコウですが、なにか」

と言いたそうな顔に、緑は黙って椅子から下りた。窮屈な穴の中で暮らしながら、深夜、未明以外は真面目に働いているのに、待遇の悪さが不満のようだ。鳴いたときに遠くから一瞥するだけだったので、赤い嘴だったとは知らなかった。

「どうしたのよ。どこが壊れているの？」

カヨはテーブルに両肘をつき、その上に顔を乗せて言った。最近よくそのポーズをとるのは機嫌が悪いときだ。

「わからないし、やる気がなくなったの。三十分に一回鳴いてもいいわ」

緑は昼食の準備を始めようと思った。

「変な子。椅子まで運んだのに」

「昔から、よくそう呼ばれたわ」

雲行きが怪しいのを察したカヨは、鳩時計の下まで移動すると、

「カッコウと鳴くのに鳩時計って呼ばれているのは、カッコウの別名が閑古鳥で縁起が悪いからなのよ」

と言った。カヨが編み物や庭仕事をしているときでも、テレビは一日中しゃべっていたので、たぶん、そこからの受け売りなのだろう。緑は義父からプレゼントされたときに、商品名に疑問をもって調べたので初耳ではなかった。しかし、ヨーロッパでは縁起の良い鳥とされていた。

「カッコウの母親は自分では子育てをしないのよ。オオヨシキリが卵を二個産んでいたら、一個は巣の外に捨てて、すばやく自分の卵を産むの」

これは緑が息子の小学校時代の教科書で知った話だった。

沸騰した鍋の中では、二個の卵が泡をまとって踊っている。緑が母鳥ではなく母親と言ったのは、カヨへの皮肉だった。しかし、こんな表現がカヨに似てきて嫌になる。

「オオヨシなんとかって鳥も変ねー。自分の卵がわからないなんて」

カヨは興味があるらしく、戻って椅子に掛けながら言った。

「見分けがつかないほど模様が似ているの。カッコウの卵はオオヨシキリより早く孵るから、残った卵を背負って巣の外に放り出すの」

「本当なの？　ずる賢い奴ね。見てみたいわ」

「検索してみたら、動画がいくつも見られるから。あたしもびっくりして何回も見たわ」

緑はカヨが首から下げたスマホを指さした。

羽毛のない茶色く光る肌のカッコウの雛は、まるで小さな恐竜のようだったが、背中の窪みに背負った卵を手羽で囲み、巣の端から捨てた。羽化直後で目も見えないのに、卵を放り出す行動が備わっていることに驚いた。

「一人っ子でよかったわ。巣の外に卵を放り出さなくてすんだから」

卵はゆで上がったけれど、無言の昼食になりそうだった。

夫とはスーパーの駐車場で会ってから一週間過ぎたが、なんの連絡もなかった。しかし、冬に向かうこれからが、義父にとっては正念場になる。

緑がリビングの引き戸を開けると、キンモクセイの甘い香りがした。今年は九月に開花したが、十一月の上旬にまた新しい花が咲いている。引き戸を全開すると、香りが室内へ流れ込んできた。

「おとーさんは、いつ帰ってくるの?」

庭に出ていたカヨの声がした。以前は自分の部屋の前だけに植木鉢を並べていたが、今はリビングから庭への出入り口にまで占有域を広げていた。緑は新しい植木鉢の並びに気づかず外に出て、ゴミ袋を下げたまま転んだこともあった。

「まったくわからないわ」

「油断大敵よ。七十代までは男なんだから」

言われなくても男だとわかっているが、騒動を期待している口振りだ。

「実家以外に行く場所はないわ。お小遣いだって少ないから」

「あっちのお父さんから、介護のお礼にもらっているかもね」

カヨは夏にアシナガバチから太腿を刺されて以来、庭仕事のときは、長袖のワンピースの下にレギンスを穿いていた。上半身に比較すると細いふくらはぎで、庭で転倒すれば骨折するかも知れない。

「そうかもねー」

夫には義父をデイサービスに送り出した後は、ランチやコーヒーを楽しんでほしかった。長年夫婦でいると異性を超えて同志になってしまうが、そんな理由で女性に近づくとは思えない。妹たちの離婚を間近で見たせいか、

「離婚には、あんなにエネルギーが必要なのか。面倒なことが多すぎる」

と、夫はあきれ返っていた。

カヨが庭石に「よっこらしょ」と座ると、首から下げたスマホが鳴った。まるで騒音のようなロックミュージックだから、今でも近くで鳴ると驚いてしまう。

「あら、銀子ちゃん。いつ退院したの」

名古屋時代の友人で唯一、健在の人だ。緑は、カヨの夫への詮索が中断したので、引き戸を閉めようとしたが、二人の会話の中身が気になり開けたままにした。

「えっ、元気よ。病院なんて行っていないわよ。銀子ちゃんは、もう大丈夫なの?」

カヨはしばらく「うん」、「そう、そう」と相槌を打っていたが、

「骨折には温泉が一番よ。嬉野や武雄温泉に娘が連れて行ってくれるの。えっ、下呂温泉。懐かしい、パパとよく通ったわ」

やっぱり、昔の同伴者は男性だったようだ。

「えっ、食欲、あるわ。二日に一回は佐賀牛を食べているの。甘くておいしいお肉よ」

緑は笑い声が出そうになったので、上半身を折り曲げ腹部を押えて我慢した。それに、温泉なんて何年前に行ったか忘れてしまった。

「銀子ちゃん、庭石の上に座っていたら、お尻が痛くなるので、今から部屋に戻るからね」

カヨは上半身を揺らしながら、側の物干し台の支柱に摑まって立ち上がった。声が遠くなると縁側の引き戸を開ける音がした。

カヨが転居してきたとき、まるで嫁入り道具のような荷物の多さには驚いたが、今も部屋の出入り口以外は、タンス類に囲まれている。それでも収納できない衣類は透明なコンテナに入れ、床に積み上げているので、廊下側から奥のベッドに行く間は、体を横にしてたどり着いていた。昨年、積み上げたコンテナが崩れたとき、終活を勧めたことがあったが、

「そんなことは年寄りのすること。あたしが死んだら、全部みーちゃんの物になるのよ。名古屋時代の洋服は高級品ばかりだから」

またコンテナの落下を心配した緑の気持ちは伝わらなかった。カヨは晴天のときには、

縁側の奥に置いた三面鏡の前で、昔の洋服を着ては鏡に向かい笑っていた。八十一歳が未来と過去を天秤に掛ければ、過去が楽しいに決まっている。思い出は年月で磨かれ輝き、若いときに何度でも戻れるのだろう。

昼食に現れたカヨは機嫌がよかった。朝、銀子ちゃんと長電話をしたせいだろう。近くに夫がいなくても、楽しいことがあれば忘れてしまい、退屈すると「おとーさん」と甘えたくなるようだ。

「あら、今日はゆで卵がない。よかったわ」

カヨは、レタスとフルーツトマトのサラダを見ながら言った。

「ほら、カッコウの雛の話を聞いてから、スマホで卵落としのシーンを見たら気味が悪くなったのよ。ずる賢い奴よね」

「でも、カッコウの雛も生きるために、遺伝子に忠実に動くのよ。弱肉強食の世界だから」

二人が昼食を挟んで向かい合うと、鳩時計が鳴いて針は十二時を知らせた。

「あら、二十分も今日は遅れている」

カヨは首から下げたスマホで確認した。

「もう、勝手気ままにさせるのがいいわ。時計は他にもあるから」

リビングには時刻と月日、曜日、室温を太字で知らせる電波時計があった。緑がよく見るのはこの時計で、鳴いたら振り向くのが鳩時計だった。まるで、カヨと同じような存在だった。

鳩時計の空洞を覗いたとき、白い鳥の体は斜めに傾いていたが、カヨには黙っていた。そのうちに、時刻を知らせに外へ出ようとして、側の板に衝突して壊れるだろう。

「銀子ちゃんからの電話は楽しかったけど、最後にはパパが亡くなった話だったの。重病を口実に本妻宅へ帰った人よ。手切れ金も払わずによ。ハイ、ハイ、ご愁傷様」

本妻、手切れ金と耳にして、カヨが生きた時代との隔たりを感じた。

「男はねえ、都合が悪くなったら本妻の懐へ逃げ込むの。意気地なしなのよ」

そんな人ばかりとは思わないが、カヨの自尊心を否定すると、よけいに感情的になるので黙っていた。生活が苦しいと電話をしてきた頃が、パパとの縁が切れた時期なのだろう。

「明日にでも温泉に行ってみる？」

「うん、行く行く。嬉野温泉がいいわ。美肌の湯と温泉豆腐よ」

カヨは温泉行きで舞い上がった。現金な人だ。しかし、この人は母親だから、全身の血液を入れ替えても縁は切れない。「血縁」とは、断言されたら無抵抗にならざるを得ない響きだ。反面教師と見ていても、高齢になった緑が同じ性格になる可能性は充分潜んでいる。

「ミーちゃん、家族風呂には誘わないでね」

カヨはレタスをバリバリと音をたてて噛むと、トマトを頬張りながら言った。赤い果汁が左右の口角から流れている。

「大浴場と露天風呂でゆっくりできると思うけど。家族風呂は予約をしないと無理よ」

「そう、よかったわ。家族風呂は密室だから」

カヨは笑って、顎まで滴った赤い果汁を手の甲で拭った。

緑がトマトを食べ終えるのと同時に、「カッコウ、カッコウ」と鳴いた。空洞からは斜めになった上半身だけを出しているが、今日は赤い嘴が異様に光って大きく見える。

「この子はさっき出てきたばっかりなのに」

カヨはフォークを手にしたまま振り向いた。

全身を現さないのは、なにか魂胆がありそうだ。正体不明の鳥は、やがて暗幕のようになった空洞をマントにして、二人の頭上から覆いかぶさるような気がしてきた。

582号（2023年）

海峡派　〒八〇六-〇〇三三　福岡県北九州市八幡西区岡田町一一－一〇－五一〇

胡壺・KOKO　〒八一一-三一一四　福岡県糟屋郡須恵町上須恵六七八－三　樋脇由利子

照葉樹　二期　〒八一二-〇〇一三　福岡県福岡市博多区博多駅東二丁目一三－二一・三〇三

季刊午前　〒八一二-〇〇一五　福岡県福岡市博多区山王二－一〇－一四　脇川方

南風　〒八一四-〇〇一四　福岡県福岡市早良区弥生二－二－八　二宮方

筑紫山脈　〒八一九-〇〇〇二　福岡県福岡市西区姪の浜五丁目四番地一二　筑紫山脈の会　坂井美彦

九州文学　〒八一八-〇〇三五　福岡県筑紫野市美しが丘三－一－一〇－六〇一　目野方

九州・沖縄 同人誌傑作選 其の一

二〇二五年一月発行

発行 有限会社 花書院
〒八一〇-〇〇一二
福岡市中央区白金
二丁目九-二
TEL 〇九二-五二六-〇二八七
FAX 〇九二-五二四-四四一一

協力 HP「文芸同人誌案内」
hiwaki01.sakura.ne.jp/douindexF.htm

印刷・製本 城島印刷株式会社